国家教育部、中央电视台联合推荐
全国中学生梦想美文优秀作品

装满花香与种子

《开学第一课》编写组　编

时代文艺出版社

图书在版编目（CIP）数据

装满花香与种子 /《开学第一课》编写组编. —2版.
—长春：时代文艺出版社，2016.2（2023.7重印）
（开学第一课. 中学生）

ISBN 978-7-5387-5022-5

Ⅰ. ①装… Ⅱ. ①开… Ⅲ. ①中国文学－当代文学－作品综合集 Ⅳ. ①I217.1

中国版本图书馆CIP数据核字（2015）第286642号

出品人　陈　琛
责任编辑　余嘉莹
装帧设计　孙　利
排版制作　隋淑凤

装满花香与种子

《开学第一课》编写组　编

出版发行 / 时代文艺出版社
地址 / 长春市福祉大路5788号　龙腾国际大厦A座15层　邮编 / 130118
总编办 / 0431-81629751　发行部 / 0431-81629755
官方微博 / weibo.com / tlapress　天猫旗舰店 / sdwycbsgf.tmall.com
印刷 / 北京市一鑫印务有限公司
开本 / 710mm×1000mm　1 / 16　字数 / 109千字　印张 / 12
版次 / 2016年2月第2版　印次 / 2023年7月第3次印刷　定价 / 36.00元

图书如有印装错误　请寄回印厂调换

《开学第一课》编委会

编委会主任：韩　青　许文广

主　编：许文广

副主编：卢小波

编　委：张雪梅　骆幼伟　张　燕　吴继红

　　　　陈　琛　娜仁琪琪格　苗欣宇

《开学第一课》的价值

有人问我，《开学第一课》的价值在什么地方？我认为最重要的就是全社会希望并通过我们传递出来的价值观。多元是时代进步的标志，我们尊重不同的声音和价值理念，但是作为教育部和中央电视台联手举办的这项公益活动，我们要传递的是主流的、与时俱进又符合中华文明传统的价值观。

在2008年，我们通过《开学第一课》传递了抗震精神和奥运精神；2009年正值新中国60周年华诞，我们在象征着民族精神的长城，为孩子们播撒下爱的种子；2010年，我们告诉孩子们，一个拥有梦想的民族，一个不断仰望星空的民族，就是拥有未来的民族，人生的每一个阶段都需要梦想的指引、坚持和探索，而每个人的梦想汇集起来就可能成为国家的梦想、民族的梦想。

举办《开学第一课》三年来，我个人也有一个梦想，我梦想这项目光远大、朝气蓬勃的公益活动能够坚持举办10年，让它给这一代孩子的成长提供正面的、积极向上的力量，这就是《开学第一课》的意义所在。

我希望全社会的力量汇集起来，给孩子们一种价值观的教育，中央电视台愿意承担使命，联同教育部把这项公益活动做好。我们也欢迎全社会各界积极参与、支持，从出版、纸媒、网络、志愿行动、慈善事业等各个方面，加入到这个追逐共同梦想、打造恒久价值的公益活动中来。

由此，我亦十分高兴地看到《开学第一课》系列丛书的出版，我相信时代文艺出版社正是基于我们共同的理想，以出版的力量为孩子们的未来创造了更丰富的阅读食粮，为《开学第一课》的精神理念提供了更多样的传递方式。

中央电视台 许文广

CONTENTS

第一部分　梦想是一枚种子

第二部分　月亮里的菊花田

第三部分　坐在阳光里写诗

第四部分　至爱亲人

第五部分　我们发现对方

第六部分　铺落一地的语言

梦想是一枚种子

　　给我一对水袖，让我为梦舞起旖旎；给我一把六弦琴，让我为梦弹拨生命的激情。听着，听手指扫过琴弦的温润细语。如果你能在我的琴声中，寻得雨打芭蕉飘落的心事，可否与我共话。如果你能在我的心中，理出一份纠结如藤的思绪，可否留下深深浅浅的足迹。

——紫暮《有梦，才有希望！》

那个追梦的少年

汪 琦

每一个人的内心深处都有一个梦，或许如今你已经梦想成真；或许你还在为这个梦想不懈奋斗着；或许你早已被生活打磨得失去了当年的锐气，让这个梦深藏在了记忆的匣子里。但是，无论怎样，你可以很自豪地说，我曾经拥有过一个梦想！

我们应当知道，梦想破灭并不可怕，而错过了做梦的年龄才是最令人惋惜的。

漫长的暑假过去后，我不得不从乡下的奶奶家回到城里。

枯黄的梧桐落叶在小城的空中飘荡，聒噪了整个夏天的知了声也已经气若游丝，在萧萧的秋风中有一搭没一搭地叹息着。

我坐在教室里，心里是说不出的烦躁与苦闷。

其实，相比于小城，我更愿意留在乡下读书。因为我知道——城里不是我们的城里。从那些城里的同学看我的眼神中，我可以读出轻蔑与不屑。父母在小城里卑微的地位和微薄的收入使我没有办法在这些同学的面前抬起头来，寒酸的衣着和破破烂烂的文具一下子就可以把我们之间的距离拉开。

那时，父亲已经下岗，在工厂里搬运化肥，每运一趟化肥可以得到五块钱的酬劳。母亲在一家私营服装厂当小工，做做剪线头之类的工作，收入也微薄得可怜。

不过，在物质上窘迫的我在精神上却是富裕的——我的成绩在班上总是名列前茅，这让那些富家子弟的父母颇为费解——为什么他们的孩子享受着那么无与伦比的优待却总是在成绩上捉襟见肘呢？

值得一提的是，我的作文总是写得一级棒，每回都可以得一个"优上"，我的语文老师更是喜欢在课堂上朗读我写的"范文"。只有这时，我的心里才会产生一点小小的得意和满足。

有一天，我翻着一本借来的学生杂志。我无意间在杂志中发现了一则有奖征文启事，格外吸引我的是它的奖金——特等奖会有一千五百元。我立即意识到这可是一笔不菲的数目，那将是母亲剪上几个月的线头或者父亲运上三百趟化肥才可能创造出的"财富"。

在随后的日子里，那则征文启事的影子在我的脑海中总也挥之不去。我想象着母亲从我手中接过那装满沉甸甸的爱意的一千五百块钱时的激动和惊喜。

那时，我已经对文学产生了极大的兴趣。整日徜徉在书的海洋里，对作家这一职业更是充满了敬仰和好奇。我尝试着给市里的报社投了几次稿，很幸运的是，这些习作都一一见报了。这更加使我对写作有了信心和勇气。

我下定了决心，一定要在截稿日期之前写好一篇征文。

我满怀信心地开始写我的"大作"，一段时间后，一篇"感人至深"的散文诞生了！

在老师的指导下，我又对全文进行了修改，直到十分，不，万分满意为止。

我还清晰地记得，最后一次誊抄那篇散文的夜晚，为了驱赶蚊子，专心致志地写作，我点起了三盘蚊香，伏案奋笔疾书。

文章寄出去了。接下来，我需要做的就是"静候佳音"——那时，我对自己的实力充满了自信，丝毫没有怀疑。

果然，接下来的事实证明我的自信并非目空一切。不久之后，我收到了大赛评委会的回信，信中说，我的作品有幸被评为优秀作品，获得了参加决赛的资格。但是——要交五十块钱的参赛费。

五十块钱？难道参加比赛还需要交钱？我后悔当初没把杂志上的征文启事看个仔细，怎么把这样重要的细节给遗漏了。面对这五十块钱，我的心里打起了退堂鼓。可转念一想，既然都被评上了优秀作品，说明获奖是大有希望的。五十块钱就五十块钱！比起那一千五百块来，就太微不足道了。我决定无论如何也要参加决赛。

可下决心归下决心，实际的困难依然摆在面前。这五十块钱上哪里筹来？倘若我向父母亲要这五十块钱并说明用意，他们肯定会毫不犹豫地给我，但我却不能这么做——父母平日里的花销本来就很节约，他们得再省吃俭用几个月，才能节余这五十块钱，这么做不就失去了我参加决赛的真正意义了吗？

此后，路边的废品成了我关注的对象。我每周都捡几大包废品，送到废品收购站换来颇为可观的几块钱，但离五十块还差得太远。后来，我听邻居说鸡毛鸭毛也有人收购，便毅然决定每个星期天下午再去菜场的鸡市"逛逛"。这时的菜市总是又闷又热，尤其是鸡市，到处都弥散着让人恶心的鸡屎味。但为了挣钱，我不得不忍受这痛苦的煎熬，蹲在地上一根一根地拾着鸡毛。回到家里，将一天收集的鸡毛整理好，将掺在鸡毛里的鸡屎杂物除去。当然，这一切都是悄悄地进行着。

"鸡毛鸭毛卖喽———"楼下传来了收绒毛的小贩的吆喝声。

"嗨！这里有鸡毛卖！"我匆匆跑出门外。

收鸡毛的人先是用疑惑的眼神看着我，仿佛在纳闷：现在的学生流行起收鸡毛了吗？然后便熟练地扒拉起鸡毛来，看里面是不是掺着石子和鸡屎。翻了一会儿，他很满意地把鸡毛收下并挂在秤钩上，只见那秤砣一点一点往里移，我的眼睛盯着秤砣不放，生怕他少我一点。

"嗯！不多不少，十斤整！好好捡，以后我还来你这儿收！嗖！五块钱！"

卖鸡毛的又挑起担子走了，我却站在那里迟迟不愿离开……

终于，在参赛截止日期之内，我凑得了五十块钱，其中还有十块钱是向同学借来的。我对他说，几个月后，我一定双倍奉还。

打这以后，每天出门或回家，我都要留心邮箱里是不是邮来了证书、奖金。

日子渐渐过去，却迟迟不见回信寄来。

"他们会回信的！"我时常这样安慰自己。每次见到邮递员，我都会上前问一声有没有我的信，回答却总是令我失望。

时间长了，我才意识到——那五十块钱可能就是打水漂了。

有一次，望着邮递员的身影消失在路的尽头，泪水模糊了我的眼睛。

后来，我曾经在报纸上看过——这一类的征文比赛大多都是骗人钱财的。不过，我却更愿意相信是自己的实力不够，在决赛中被淘汰了名额。因为，我不希望有更多热爱写作的孩子受到了像我一样的伤害。也许，他们有着和我一样的遭遇和境地，甚至更糟……

又到秋天，我坐在教室的窗边，不由得想起几年前的这件事。现在的我，已经可以微笑着回忆这事了。相比于其他同学，我经历了更多他们从未经历过的，我正在一点一点成长，渐渐成熟。

如今，我甚至有些庆幸——感谢生活让我接受了更多的磨砺，在那个敢于做梦的年龄。

梦，一直在前方

赵彦杰

我念着那句熟稔的话语，默默地回忆着追逐的路途。

——题记

梦想，是盛放的花儿；梦想，是滴坠的露珠；梦想，是浓密的雨帘；梦想，是清脆的珠声。是的，像花儿一般娇艳，像露珠一般晶莹，像雨帘一样扣人心弦，像珠声一样铮淙不已。

一路追逐着所谓的梦想，我在徘徊中忘记了绝望。永远无法忘记的场景是那个挚爱我一生的老人的离去。我依然很用心地铭记着她的容颜，她的笑靥，年迈带走了如花，却残留了沧桑。她是一个只会对着咿咿学语的孩子慈祥微笑的长者，她亦是一个孤独地远离父母的女孩童年时期最好的玩伴。直至今日，我恍惚间还能忆起她的话语："小彦一看就是聪明孩子，小彦一定要好好学习呦，咱们老赵家就等着小彦光宗耀祖呢！""小彦啊，奶奶告诉你呀，咱们国家最好的大学就是北京大学，奶奶希望有一天，你能够自豪地站在北大校园里！"……脑海里泛黄的画面随即传来了一个孩童爽朗

的笑声："奶奶，我一定会考上你说的北京大学！到时候，我就带你参观校园！"

勃勃的壮志雄心还未酬，而这份决心的核心已不复存在。医院里到处是惨白的墙壁，毫无鲜艳的色彩，阴森的味道使我不寒而栗，沉闷的气氛以及爸爸妈妈那红肿的眼睛向我说明了一切。回忆起来，那时的我已经远离那个哺育我成长的小村庄两年了。天边红了火烧云，我至今仍相信是那片残云，那抹夕阳带走了奶奶。我记得我趴在奶奶的身上哭了好久好久，听时间滴滴答答地在耳边蔓延，直到夜幕完全笼罩了这座心中的空城。

天空泛着鱼肚白，我瞪大眼睛仔细搜寻着昨晚的记忆，无边的悲痛袭来的同时，我在不经意之中看到了初升的太阳。那抹阳光，此时此刻是多么的迷人！我当然懂得它的前身便是昨夜的夕阳，我也在霎时间迷糊地念叨着奶奶的话语："奶奶希望有一天，你能够自豪地站在北大校园里！"孩提时代的狂妄话语瞬间变成了巨大的动力。已经略微懂点人情世故的我当然明白迈进这最高学府大门的难度，但是那一刻的我竟然以我从未有过的勇气大声地喊了出来：奶奶，我一定要带着你的遗像进北大！

那句名言一直摆在我的床头：天才是百分之一的灵感加上百分之九十九的汗水。我改掉了贪玩的毛病，开始端正学习态度，以最大的努力投入到学习中来。学习生活中，竟然遇到了好多不可思议的难题，但是在父母的帮助下，这一道道坎坷都被我攻破。我这才懂得，原来奶奶跟我比赛背诗是为了给我日后的语文学习打下一个坚实的基础，跟我一起学算数是为了使我在数学世界的门槛前保持优胜者的位置，跟我一起在沙地上画天空中的小鸟是为了培养我的审美能力，跟我一起听京剧是为了让我尽早的参悟中华文化的深厚底蕴以及音乐的美妙世界……奶奶的良苦用心使我一次次止不住泪流，不知不觉中，我的整个生活竟然到处都充斥着这位已故老人的身影。

依然记得那次考试失败后的情景。我捧着奶奶的遗像，背负着从未受到过的打击和压力痛哭起来，要强的心使我再也无法在朦胧泪眼中抬头。又是夕阳西下，那么熟悉的场景。哭累了，哭够了，哭的再也没有力气了。我趴在桌上，突然之间又想起了她，"奶奶希望有一天，你能够自豪地站在北大校园里！"我深知我这么用心地付出，只是为了兑现幼时的诺言，给她一个交代，我更知身在天堂的她面对我的软弱一定会深感失望。灯光下，我抬头看她，一种灼人的羞耻感瞬间灌入全身。她是一个多么自信的女人！但是身为她最疼爱的孙女，我怎么会因为一次小小的跌宕而如此颓废！慈祥的面容使我得到了心灵深处最需要的安慰，我坚定地对着她说，奶奶，我会爬起来的。

漫漫征程中，在那位老人已逝目光的鼓舞下，我收获了好多。鸟儿丰满了羽翼，于是开始翱翔蓝天；鱼儿长成了躯体，于是开始遨游大海。步入初中，那个最初的梦想仍是从未停歇过。我知道这份梦想的延续不过是来源于一个断续的故事，但是这已是我至今最大的目标。是的，梦，一直在前方，我唯有不停地向前，永不止步，才能离梦想更近一步。为了挚爱的那位老人的期望，为了那个憧憬了无数次的遥远目的地，为了心爱的学府校园，我相信自己会向着梦想的地平线，不回首地走得很远，很远……

抓紧梦想的翅膀

何　璇

"要一步一步往上爬，在最高点乘着叶片往前飞，让风
吹干流过的泪和汗，总有一天我有属于我的天……"

——题记

在我们每个人的心中都有一双翅膀，那是指引人生方向的翅
膀，那是梦想的翅膀。

我们在不断地成长，梦想也伴随着我们的成长脚步在不断地变化。

我是个喜爱音乐的女孩，我喜欢唱歌，喜欢听歌。我觉得音乐
是这个世界上最美妙、最动人的音响。每一首歌曲的背后都有一个
故事，正是他们赋予了音乐美妙的灵魂。徜徉在音乐的海洋中，那
些跳动着的音符向我涌来，在我的脑海里，我渐渐地沉入其中，忘
了自我，忘了世界，也忘了一切，那是多么幸福甜蜜的事情！

我喜欢唱歌，喜欢站在舞台上大声的唱歌，用心来歌唱，唱出我
的心情，唱出我的喜、怒、哀、乐，唱出我的心中所想……我要成为
一名歌手！我要用我的歌声打动每个人的心，我要用我的歌声给大家

带来快乐！我要让所有人听到我的声音！我要让世界听到我的声音！

今年暑假，我学习了一种乐器——吉他。我想用吉他弹奏出美妙的乐曲。可是练习吉他并不是想象中的那么容易。

第一天，我的手指被琴弦磨得通红；第二天，第三天，我练习了很长时间，手指被磨出了好几个泡，不断地练习让我不断地感到一股钻心的疼痛。我想要放弃，可是为了我的梦想，我不能放弃！我必须得坚持！后来，一天又一天不断地练习，不断地学习，我的手指出现了一层厚厚的硬硬的茧。因为有了茧，所以再怎么弹也不会感到那么的痛了。老师说："如果你的手上长出了茧，就证明你努力了！手指被这层茧保护着，你就不会再感到疼痛了。"梦想使我没有向困难低头，而是勇敢面对，耐心地等待。

因为有了梦想，我们的生命就有了意义和期待，有了勤奋的动力，有了追逐梦想的快乐，生活也就变得有滋有味。

如果一个人失去了理想，就像一只在海上航行迷失方向的船，找不到停泊的港口，不知如何是好；没有了理想，就像展翅高飞的鸟儿失去了羽翼，不能翱翔。

作为一名中学生，我们必须得有理想，心中有了理想，我们才会朝着心中的那个理想、那份希望去奋斗、去拼搏！就像《蜗牛》这首歌曲所说的那样，我们就像一只蜗牛，要一步一步地往上爬，总有一天我们会找到属于我们的那片天。

阿安普罗克特说过："梦想一旦被付诸行动，就会变得神圣。"

梦想就像一颗种子种在我们的心中，自信心就是一片土地，梦想的种子在这片土地上成长着，我们要用辛勤和汗水来栽培它，它便会破土、发芽、长大、开花。我相信我那梦想的种子会不怕风风雨雨，顽强拼搏，会和我一样不会向困难低头！

朋友们！让我们抓紧梦想的翅膀，在这片希望的天空下尽情翱翔！

有梦，才有希望！

紫　暮

　　早春，从来都不是繁华的，它裹着孤独的外衣，携带着片片凉意，却走向温暖。一如，我和老者在路人眼中是相对孤独的两个人，内心却同样有涨潮般的波澜壮阔。因为我们每个人都有梦想，沉醉其中，不可自拔，或怡然自乐，或忧伤思翩跹，或一路欢歌。

　　我们曾无数次逃避，哭泣，绝望，我们也曾经无数次努力，前进，期望。受一点伤，会让我们更加坚强，流一点眼泪，会让我们涤荡忧伤。梦是我们不败的信仰，张开双臂做优美的滑翔，嘴角上扬，露出最夺目的锋芒。

　　没有谁可以留得住时光，可是年年岁岁都有痕。总要挣脱岁月的羁绊带来的不快，于是我便爱上了吉他。喜欢弹唱的人，我知道都是经历过沧桑的，像谢霆锋，外表是淡定的，内心却澎湃着，冷漠却纯真，固执却坦白，迷茫却热爱生活，也喜欢思考，尽管这思考常常影响到睡觉。我不是一个喜欢歇斯底里摇滚的人，许巍的恰好，狂而不野，柔而不懒，不羁又淡定，张扬又沉静。大学空闲里，我经常去借乐器，自弹自唱地寻求发泄。哪怕要柔白的手指按弦按得疼痛难忍，令肌肤起茧脱皮，那也是痛并快乐的。寻求生活的激情，敢于正视无法诉说的纷纷扰扰的勇气。哪怕弹得流泪，唱得心碎，那也不是柔弱无助的小伤感，而只是找到梦想和力量的一种感动。它把自己压抑很久的孤寂释放出来，让我们的心灵可以得到慰藉和满足，找到对生活现实和理想的共鸣。

给我一对水袖，让我为梦舞起旖旎；给我一把六弦琴，让我为梦弹拨生命的激情。听着，听手指扫过琴弦的温润细语，为梦淋漓尽致地施展。如果你能在我的琴声中，寻得雨打芭蕉飘落的心事，可否与我共话。如果你能在我的心中，理出一份纠结如藤的思绪，可否留下深深浅浅的足迹。有梦，我心中则有灿若夏花的笑靥。正如巴金说的那样："我是怀着离愁而去的，牵系住我渺小的心，仍是留在这里无数纯洁年轻的心灵。"是啊！每个年轻的心中都有一个梦。是啊！我希望每个人无论在哪里都能得到自己最宝贵的财富，并且能拥有它。

梦想，只要我们够勇敢，够坚强，希望就不再渺小！

不经意激起尘封已久的涟漪，不小心触碰到沿途遍布的荆棘，所有的感伤都在心底风干成回忆，脸上不残留一丝泪滴，穿上无与伦比的梦想战衣，美丽的未来正在步步逼近。

相信自己是梦的执行官，相信喜怒哀乐都会永驻心间。尽情与这些温暖去拥抱缠绵，让世界为破茧重生的自己惊艳。梦想的彼岸，天平的两端，永远都有执着的目光在热切期盼！

给自己一个梦想
给梦想一个靶心

刘　松

　　"做人如果没有梦想，那跟咸鱼有什么区别"，这是出自电影《少林足球》的一句经典台词。梦想绝不是梦，两者之间的差别通常都有一段非常值得人们深思的距离。梦想只要能持久，就能成为现实。我们不就是生活在梦想中的吗？

　　寻找梦想，不如经营梦想。人生应该有梦想，应该为自己的梦想而拼搏。梦想是动力的源泉之一，富有梦想的人每天拼搏，为自己梦想的生活而奋斗；对梦想毫无追求的人，每天浑浑噩噩的生活着，如同行尸走肉一般，就好像缺少了支配自己的灵魂。"老骥伏枥，志在千里；烈士暮年，壮心不已。"一个拥有梦想的人的梦想不会因年龄而衰减，反而会随着年龄的增加而日益强烈，让自己更上一层楼。

　　生活中梦想的实现并不是那么的遥远，关键靠的是自己。相信自己，无论多大的梦想终究有一天会实现；不相信自己，无论多么渺小的梦想都不可能被自己征服。"梦想的实现与否，其实由你选择"所以，在梦想面前，不要相信命运。

梦想是一种力量，在拥有梦想的同时，记住要给梦想一个"靶心"。人因梦想而奋斗，梦想应因目标而产生。周恩来总理十二岁喊出"为中华之崛起而读书"；孔子为自己的梦想设立六步"靶心"："吾十有五，而志于学。三十而立，四十而不惑，五十而知天命，六十而耳顺，七十而从心所欲，不逾矩"。最终梦想成真而为圣人；美国总统林肯青年时确立"让美国南北统一"的梦想。这三位伟人，不仅给了自己一个梦想，也给了梦想一个"靶心"，所以他们的心愿得以实现。梦想能给人一种希望与遐想，"靶心"才会使人真正的奋发向上；茫然而又模糊的梦想，只会是空想。

梦想一旦被付诸行动，就会变得神圣。人的一生好像就是为自己做雕塑一般，大部分时间会耗在构思上，只有小部分时间用来雕塑。当你付出全部热情和希望时，"雕塑"就有了灵魂，你会获得一个新的"生命"。

一个有事业追求的人，可以把"梦"做得高些。虽然开始时是梦想，但只要不停地做，不轻易放弃，梦想能成真。给自己一个梦想，给梦想一个"靶心"。让自己拥有一个更为完美的"生命"。

我的梦想

薛　冰

三十年后的一天，我已成为世界著名的克隆专家，最著名的一项成果是"克隆万种果实的果树"。

说来话长，这还是我听到一个人的话才突发的联想。那一天，我正在大街上走着，一个人手中拿着水蜜桃正在享用，当他吃完后，就听他说："如果有一棵果树上能结出许多不同的水果，该会多好啊！"这个人的想法似乎有些荒唐，却引起了我的注意：这个想法多奇妙哇，我何不来个变虚为实！我不由得兴奋地叫了起来。

我马上投入到紧张的工作中。我先拿来一棵桂树的小树苗。虽然它不可能结出果实，但它的香气却足以让那些果实受到"熏陶"。然后我又从网上购买了世界上所有的水果，而且都是很新鲜的。不一会儿便全到了。

我和助手便开始一场实验，我拿起了一棵樱桃，又拿来一个微型银针注射器。我从它当中提取维生素和果肉精华，助手也拿起一瓣香蕉，开始提取维生素精华放在一个容器内。

我和助手忙得昏头昏脑，终于输入完毕。我将这些维生素和精华进行均匀的搅拌，然后又放入快速生长素。一切完毕后，我们将那棵桂花树拿来，在它的根部进行输入，半个小时后，我将它栽好，以后就得看结果了。

　　我在热切盼望着，成败在此一举。两天后，这棵树经过长叶、开花等过程，终于长出了丰硕的果实。瞧，西瓜正盘在枝上笑呢，香蕉正弯着腰俯视美景，苹果在绿叶掩映下探出头，充满了勃勃生机，都把枝头压弯了！摘下一个尝尝，它们并没有失去本色：苹果又脆又甜，樱桃滑爽可口，橘子甜中带酸，好吃极了！仔细闻一闻，还有一股桂花的清香呢！真不错啊！

　　当我从梦想中回到现实，萌发了一种强烈的愿望：要是我会克隆，该多好啊！

假如我有一朵七色花

王 雨

在电视上看到有关地震灾区灾情的报道，我常常泪流满面。这是一场多么可怕的灾难啊！可我只是个学生，捐不出太多的钱，不够献血的年龄，力气也不够大，无法为灾区人民做什么事。这些日子我常常想，假如我能像童话中的小姑娘那样，拥有一朵美丽的七色花，那该多好哇！

我要第一种颜色变出一个美丽的梦，让那些失去孩子的妈妈和那些失去妈妈的孩子，都能在这个梦里相聚。虽然这只是一个梦，可是我相信，它一定能让失去亲人的人们真实地感受到，爱其实一直就在他们身边。

我要将第二种颜色变成很多很多的种子，让它们开出美丽的花朵，让正往天堂去的人们看到路旁铺满美丽的鲜花，那样，他们在前行时就不会感到害怕了。是的，通往天堂的路一点儿也不可怕，因为，这世界充满了爱。

我要将第三种颜色变成一群会飞的纸鹤，让它们飞到军营里去，带去我心中深深的敬意：亲爱的解放军叔叔，你们是祖国最可爱的人!

　　我要将第四种颜色变成一束美丽的鲜花，将它送到爱心医院里，送给那些白衣天使们，是他们将一个个在死亡边缘挣扎的伤者救了回来。在我的眼里，他们比花儿还要美丽!

　　我要让第五种颜色变出一颗颗灵丹妙药，那样，那些受伤的人们就再也不用忍受病痛的折磨，身体很快就能康复了。

　　我要将第六种颜色变成一栋很大很大的房子，让失去家园的人们全都住进去，组成一个最温暖、最和睦的大家庭，人们从此幸福地生活。

　　我要将第七种颜色变成一对翅膀，带我飞到灾区，去看望那里的人们，看看那些感人的场景。我一定会受到更深的触动，并为灾区人民做一些力所能及的事情。

　　假如我有一朵七色花……

点亮深山小女孩的心灯

王黎冰

　　跟同学从山里回来，我眼前还老是晃动着那个深山小女孩的身影，黝黑的皮肤，清亮的双眸，瘦小的身子……时常觉察到她内心世界的单纯、孤寂和黯淡。

　　从我们踏上大山深处的风景区那一刻起，她就一直跟随在我的身旁，做我的"义务讲解员"。

　　她肩上背着一个大大的编织袋，一只手里握着两小捆上供的香烛，一看便知是想让我帮衬买她的香烛的，可嘴里却不明说，一路尾随着我"哥哥、哥哥"地叫着，一边用另一只空出来的小手指着岩洞里各式奇形怪状的石头，告诉我："这块石头就像一只鹦鹉，等会儿你再走近点看，就像一个老寿星；你再看那边洞顶的那块石头，像不像一个小猴正拿着蟠桃给你献礼呢……"

　　解说词背得比专业的导游还要顺溜，我也随着她手指的方向上下左右地看着。

　　偶尔，身边同窗好友与我说话，她就在旁边默默地跟着，等我们的谈话一结束，她又继续不厌其烦地说下去，眼里分明流露出很想你买她的东西的渴望，只是不说，让我的心也备受煎熬。

香烛是不想买的，因为没有烧香拜佛的打算，给钱更是不能（来之前导游已经叮嘱过的），主要是怕那幼小的心灵因此而蒙上灰尘，毕竟学会利用人的同情心并不是一件好事。

终于从原路返回到洞口，我也吁了一口气，总算可以解脱了。正要加快步伐走出洞去，小女孩在身后叫了："哥哥，你先别走！"

我警觉地回过头，心想这下她肯定要开口让我买她的香了吧，跟着我们这么久不就是为了这个目的吗。

这样想着，眼里不禁露出一丝厌恶，但还是转回头去，只听小女孩很认真地对我说："哥哥，攀岩表演等会儿就开始了，你们在这里看最合适了，如果走了，就看不到了。"一脸的乖巧，让人看了不由得心疼，稚嫩的童声，让我这个成年人汗颜。

早就听导游说过，攀岩表演是山里风景区开发的一个独特的旅游项目，不看就算是白来了，亏得有小女孩的提醒，我们连忙就近找了座位坐下来。表演还要等几分钟才开始，小女孩也在我们旁边的石坎上坐了下来，伸手到尼龙袋里掏出半截玉米，再掰开来，一半递给了她旁边的一位更小的女孩，剩下的一半自己津津有味地嚼着，这小半截玉米应该就是她的午餐吧。

趁此机会，我们跟小女孩随意地攀谈起来，无非是问些她的年龄和家庭状况什么的，可慢慢地，我们的心也随着问话的深入而紧了起来。

原来小女孩已经十二岁了，可看那身形不过七八岁的样子，她在家排行老三，下面还有四个弟妹（刚刚给玉米的那个就是她的一个小妹妹），从出生到现在她们一天学也不曾上过。

看着小女孩那张被太阳晒得黝黑的脸，还有那说话间双眸中隐含的、与她的年龄极不相称的忧郁，不禁想起在某本杂志上曾经读过的"放羊和生娃"的故事来，心中不免有些悲哀。山里真穷，山里的孩子真苦，贫穷甚至剥夺了他们受教育的权利，要想改变自身的命运是何其的难啊。再想想身边那些城市小孩们过着的幸福生活，心里真不是滋味，谁说人生来就是平等的呢。

攀岩表演开始了，我们的谈话就此打住，我也不愿多说什么，心里被什么堵着似的。

看完表演，我们真的要起程了，从洞口到我们的停车地点还有一段距离，本以为小女孩应该离我们而去，重新寻找新的目标，谁知她依然不依不饶地跟在身后，弄得我的思想碰撞很是激烈，不知该用何种方式表达自己对她的谢意和关心，只后悔出门的时候没有带点家里那些闲着的小玩意或者图画书什么的。

就这样一路闹心着，回到了我们的旅游车旁，刚准备迈上车去，小女孩的声音又在耳边响起："哥哥，有吃的吗？"

一语惊醒梦中人，对啊，车上还有不少的零食呢。

还没等我应声，同伴已经迅速跑到车尾的座位上，将塑料袋中的零食倾囊倒出，打开车窗，递给了已经在车下等候的小女孩。在她的身旁还站着一大群的小伙伴，差不多的个头，差不多的装束，大家都用一种期盼的眼神向上望着。

我的心又一次缩紧了，其实，我们每个人心里清楚得很，她们需要的又何止是这点东西呢！

唉，山里的孩子啊！

面对她那单纯、孤寂和黯淡内心，我们是不是该为她们点亮一盏明亮的且能够照亮前方的灯呢？！

沙宣发型

赵银丽

薇安剪了个沙宣发型，就像电视里的那种：前面一排刘海整整齐齐地泻到眉间，后面的长发整整齐齐地及肩。这个沙宣发型花了她整整一下午，先把原来乱糟糟的头发洗好，吹干，分层，定型，剪碎，修整。剪好后，看着镜中那个时尚的发型，连她自己都认不出来自己了。

薇安走出那个叫"发度空间"的地方。走到大街上，感觉所有人的焦点都对准了自己，回头率百分之百。薇安把这叫做美女效应。的确，薇安的娃娃脸，加上这么一个可爱又性感的沙宣发型，真能产生那种人见人爱、花见花开、孔雀见了把屏开的美女效应。

当薇安回到家，妈妈被她吓了一跳："我的妈呀，你的头发咋搞成这个样子了，跟个锅盖似的。""妈，你懂啥？这是时尚！"薇安看着镜子里的自己，越发满意。"好吧，只要你不给学校老师骂，我什么也不说。"妈妈望着镜子前顾影自怜的女儿，幽幽地叹了一口气。

薇安又出了门。刚刚短短的一段路，她还没秀够哩。刚出门，

碰上邻居家里的小弟弟欧弟跑过来对她说："姐姐，你好美哦。"乐得薇安跑去给他买了一根棒棒糖。买糖的时候，又听见售货员在身后议论："这种发型好好看啊，不知道在哪里弄的。"薇安心里乐得都能养蜜蜂了。

薇安拉着欧弟的小手，在大街上尽情地享受着目光浴。忽然，她看见了班主任秃秃的圆脑袋向自己走来，撤退已经来不及了，只好硬着头皮打招呼："老师好。""嗯，好。你的头发怎么搞成这个样子了，去参加选美大赛吗？"显然，来者不善，并且火力很猛。正在薇安吞吞吐吐不知说什么好时，人群中冒出一个声音："哦，老师，她是为了我们班的元旦文艺节目弄成这个样子的。"回头一看，是自己的好友兼班上的文娱委员Rita，老师连声说好，满意地离开了。

第二天在学校，同学们都一个劲地称赞她说她真漂亮，可是却渐渐地疏远了她。薇安想："他们还不习惯，习惯了就好了吧。"

第三天，薇安好像听到有人说："啥乱发型，跟锅盖似的，还自以为美得很，整天顶着它乱跑。"薇安心里挺不是滋味。下午，薇安跑到一个叫"周平理发店"的地方，花了半个小时，把自己的沙宣发型消灭掉了。

望着镜中平平淡淡的发型，其实也挺美的，薇安想。

我的四季、我的梦

韩 雨

九月阳光斜斜照下，擦亮少年眼角眉梢的微笑。

在对高一的眷恋与初中的依稀回忆中上了高二，分了科，蓦然感觉离高考一下近了很多。高一、高二、高三，我们踏着多少人走过的路一点点向前走，身后不断有人站在我们曾经站过的位置。抬头高三，低头高一，远眺"地狱"，俯瞰"天堂"。远远望去人声鼎沸，一个无始无终的圆。

江畔何人初见月，江月何年初照人？

大学在云之彼岸向我们招手，但也实在太远了，太多人了，我看不清。

十月秋菊散出漫天清香，在城市的上空积聚成云。

文科，在久到记不清时间的时候，就觉得文科清闲无比，仿佛每天都能在理科生为物理化学忙得焦头烂额的时候潇洒地念一句"轻轻地我走了，正如我轻轻地来。"然后像"安能摧眉折腰事权贵"的李太白一样悠然地去"且放白鹿青崖间"了。再不济也能在

一个课间，在晚自习的最后十分钟，记下自己点点滴滴的梦。真正上了高二后才明白，就像学校的校服永远不会是偶像剧中优雅帅气的英伦格子式一样，高二永远是高二，文科和理科的区别也不过是一个晚上十一点睡，一个晚上十一点半睡而已。其实是——不相上下，伯仲之间。潜藏在笔记本深处的梦被数学政治地理一再压缩，藏到了连自己也找不到的地方。

它会消失吗？我很担心！

十一月露水在枝头晃动，月光照亮满地白白的霜。

我出生在下午两点，秋季阳光灿烂的时候。下午课上课铃响起，我在心底默默地对自己说：五、四、三、二、一——生日快乐！然后在起立声中站起来与同学们一起说：老—师—好！

十六岁——几年前我曾罗列了一堆辞藻来证明介于孩童与成人之间这个年龄的伟大意义。但真的到这个年龄，我却迷茫了：我该干什么？我的梦告诉我，去干自己想干的事吧！比如写写、寻寻、看好玩的东西，去想去的地方，写想写的话……最后也可能在某个不知名的南方小镇买一套房子——面朝大海，春暖花开。但理智却告诉我要学习、学习、再学习……考个好大学……找个好工作……安安稳稳度此一生。我向左看，左边的同学在与数列奋斗；我向右看，右边的同学紧闭着眼背文综；向前看……没有前面了，前面的同学追着老师去问难题了。

本已拿起要写作的笔，终又放下。

夜太漫长，凝结成了霜。在寒冷的冰霜中，我的梦被打湿，到不了天涯。

十二月大雪纷飞。我在雪花中依稀看见光明。

上高一时曾一时兴起，买了两个一模一样的本子，一个用来写我已没有太高要求的化学笔记，另一个用来写小说。当时豪情满怀、壮志勃发，誓要写出自己梦中的精髓。

终究是少年不识愁滋味。

上高二时，化学笔记本早已用完，而写小说的本子，仍只有薄薄几页，风一吹，哗哗作响。

——期望在身上，梦想在流浪。

又是一月，然后是二月、三月、四月……我们高考倒计时也从一年零六个月变为一年零五个月、一年零四个月……一百天……十天、九天、八天……终究会变成一天，然后时间的指针一跳，指到"0"上——高考。

也许在高考的那一天，我会想起老师曾讲过的一个词：on the way——在路上。

我的梦，永远在路上。

后记·仅属于我的十三月

我是在晚自习的最后一节课上写下这些字的，彼时周围的同学目光永远不离课本，老师看我的眼神也总让我觉得内疚不已，恨不得马上把它撕掉，然后拿出一摞数学卷子做题以谢罪明志。

暑假从北京参加90后作家联谊会回来，发誓以后一定要好好写，坚持自己的写作之梦。但上了高二后，所有的人都在劝我以学

业为重。

在季节流转的缝隙中去拿信，看到一封封写有自己名字的信封和印有自己文章的报纸杂志时，总会笑得特别开心——尽管下一节课就要考试。

知道鱼和熊掌不可兼得，但还是天真地希望，自己能在满足家长保持优异学习成绩要求的同时，延续着自己阅读写作的梦。

一节课加一个课间，希望这篇文章的长度和所用时间还没有到让老师忍无可忍的程度。

那么，在这个远离学业与老师的十三月，从一年中学习缝隙挤出的时间——仅属于我自己的十三月，请让我对我的四季，我永远在路上的梦，做一生中可能仅有一次的最终表白：

我会一直写下去，

因为这可能是我生命中——

不多的意义之一！

对着镜子写作

李丽华

我在桌子的右边放置了一面镜子，而后对着它，我开始了写作。我想边写边记下我的表情，随意的，不至于太唐突，也不至于太造作。

然而整个面部没有那种清癯和瘦削来显示我的精明，也没那种清丽与白净衬托我的文静。不过眉宇间却藏不住那点厚道，这一点憨厚给了我很多淡泊而惬意的情怀，我尽可以平平凡凡地活着，在大众的空气里任我喜、任我忧。当然我也可以满心满骨子地奋进，在纯净的拼搏里缔造一份精神的超脱。于是，我很快乐，我的脸上漾起一份微笑，尽管不甚美丽，却是极为真实的。

我看了看桌面，还有一张白纸，等着我写点什么，以证明它的价值，我吐了吐舌头，放纵一点胆怯，我掂了掂呼吸的频率，闭上眼，不再看我的脸，不对，是不看镜子里的那张脸。

我想起了点什么。比如《三重门》的扉页韩寒那张傲气十足的照片，或者鲁迅先生那蓬抖擞直立的头发、那双冷峻幽深的眼和那丛奇特的劲道的胡子，这是隔了大半个世纪的两个人。韩寒不恭

地甩着头发，看得出发质不错，亮亮的、飘飘的，不像先生的一直指向天宇，似乎有一种东西要向上冲，从发梢冲出来，冲破头顶幻妙的桎梏。韩寒微转自己的眼睛，眼里白白地溢出对世俗的轻蔑；先生冷冷地看着红尘，终究掩不住急待奔突的愤怒。韩寒的脸白白净净的，褪不尽那点纯真与执拗；而先生却因了那丛胡子，透射出满骨子的奇崛。他们好像有些联系，却不尽然，同样有着锋利的笔刃，同样有着锐利的视线，同样有着……不知道，不知道他们为什么一个着了牛仔，而另一个着了长衫。是的，韩寒另类，因了他满心满腹的叛逆；而先生奇崛，因了他对世俗的不调和。我于是睁开眼，又见到了自己脸上的平平仄仄。猛然间，竟然发现自己连夜失眠泛起的黑眼圈中凝滞了一点不满，至于不满什么，便不那么清楚了。我的眼有点涩，我狠劲闭了一下，又睁开，打足了精神和我的笔厮磨。

　　镜中依然泊着那张脸，中庸里有一些丘陵浮现着，却不似莽山大川那么有棱有角。我又比照了一下，那些漂亮的女作家，秦虹，或者棉棉，在绚烂的城市的灯火里，总摆不开一点纯情地曼舞着，勾逗一种小鸟依人的迷醉。如果我再多情一点，或许我会喜欢；可现在不是，或许是你不小心触到我的冰冷，便缩了回去。我竟然是如此喜欢这样冰着、冷着。我又抬眼看了镜子里我的脸，果然冷漠。当然不甚讨厌秦虹与棉棉，我愿意远远地欣赏那种情感的跳跃，却不愿涉足和亲近。

　　还有一些都市言情的模板，漫天遍地摹刻同一种感情经历，男女主角儿薄暮中邂逅，就那么轻而易举地达到了不由分说的拥抱和狂吻。或许是人们真的累了、腻了，以至于如此糟践爱情，在冗沓的不被感知的情感的沉沦里，不知笑该牵动哪根神经，不知哭该引逗哪种腺体。我也累了，却不愿沉进这种纷繁，所以我拖着疲惫挣扎着，我由是更累了。镜中我的眼，便写满了轻蔑，缩减着上下眼睑的距离，恨不得全闭上。

所以我就闭上了。所以喜欢林白，喜欢池莉。我们可以逍遥在平静里，既被文字感动，又有勇气不谈爱情。我凝神观望着，感受着。

其实，我并不喜欢韩寒，关注他，更多的是因为嫉妒，再或者他的叛逆也在我的体内潜伏着。不尽然，总之，我是极端不愿考试高挂红灯的，无论通才、专才、偏才、怪才，总比我这等无才好。全心全情地敬着鲁迅先生，无论时空跨越了多么遥远。我扶起了镜子，里面便有一张脸，平实的，不带任何妆点，却真切地属于我一个人。

第二部分

月亮里的菊花田

　　因为绿藤柔韧、坚强，你看它纤细的手，多么坚定又勇敢地伸向未知。也许前方并没有树枝让它攀爬依靠，但它从不退缩反悔。

——高源《看得最远的地方》

看得最远的地方

高　源

0

未名时常觉得那个少年是从童话中来的。但每次与月亮对视时，她又分明看得见他的眼睛。夜晚就这样一点点柔软下去，美好得像一个不属于她的梦。

未名不知道少年是否已经找到那个看得最远的地方。她会慢慢地等他归来，因为他说过，看得最远的地方，不仅仅是一首歌的名字。

1

未名的花园看上去并不那么纯粹，它不仅有花，还有草、藤蔓、石头、各种性格的昆虫，还有一棵她叫不出名字的树。没有娇

艳的色彩，没有精心的修剪，没有热情开朗的主人……她曾自信地说，这里不会有一个访客。可是那个清瘦的少年打破了她的预言。

少年是在一个下雨天出现的。那时未名正为一件事伤心，面无表情地坐在雨里发呆。少年轻轻地走向花园深处的草丛——未名藏身的地方。他一定对这里的一切都了如指掌，不然怎么会径直地找到她，而且脚步敏捷利落，没有踩疼任何一块石头。

你没有伞吗？淋雨是容易感冒的。

干净的声音，和新叶的味道一起飘过来。未名从怅想中回过神来，抬起头，忍不住笑了。她看见一个衣角滴着水珠的少年，举着一片荷叶，像撑着一把过于幼小的伞，可爱极了。

谢谢你。我喜欢淋雨。

她继续把头低下，像在阅读一根草茎。妈妈说过，不要随便和陌生人说话。

那好吧。我知道你心里难过，也许找个朋友倾诉一下会更好。少年平静温雅地说着，把荷叶收起来，在她身边抱膝坐下。静静地，像一片叶子落下那么简单。

未名惊讶地看着他的侧脸。她很想问他是怎么知道自己心里难过，为什么有伞却陪着她淋雨，为什么把安慰给得这么恰到好处。最后，未名还是什么也没说，她是相信童话的孩子。

这场春雨的竖琴弹得忘记了时间。淅淅沥沥，滴滴答答，比未名自己听过的任何一次都更含蓄也更美妙。

温暖，有时并不需要来得轰轰烈烈。也许它只意味着身边有一个陪我淋雨的人。未名幸福地想，久久地坐着。草丛用柔软的绿色把她包裹起来。

2

少年的眼睛，总让未名想起点亮夜空的月亮。他的目光清澈而温软，嗯，是暖阳被水浸湿的感觉。未名是个敏感且易伤怀的女孩子，但每次被这样的月光注视，她就莫名地安心和快乐。就像童话中的完美和魔力，只有笃信的孩子，才能拥有。

少年来访时，未名便不再蜷缩在草丛里独自忍受潮湿的心情。她面带微笑地带着他在花园里游走、聊天、与植物交谈。是的，他们听得懂植物的语言，但谁也没觉得这是件值得怀疑的事。

一根青草要举办一场婚礼，它的新娘是花园里唯一一朵穿红色碎布裙的花。

牵牛花家族里最小的妹妹该上小学了，它的书包还没缝好。

狗尾草婆婆病了，说话有点有气无力，要求助其他植物，给它的外孙讲故事。

……

未名给少年播报这里的新闻，像讲一个个新鲜自然的童话。少年总是侧着头认真地听，偶尔意味深长地点点头或者回复一个微笑，但从不多言。他有着植物般特别的气质，沉静，扎实，安稳，细心。而这正是未名所欣赏的。

我给你讲一个故事吧。一个关于月光如水的故事，发生在很久以前。未名说。她和少年坐在暮春的黄昏里，她害怕事物一点点变老，害怕春天的花儿不辞而别。

从前……呵，童话故事都爱这么开头。未名笑了一下。少年依旧静静地听。风吹透他单薄的身体，分明被染上浓郁的青绿。

有一个喜欢月亮的女孩儿，每个夜晚都会出去散步，只为了仰望天空的一丝希望。然而，遇见，毕竟还是因稀少而珍贵。月亮有时早早地升起，有时因阴沉的云层而消失。

讲到这儿，未名犹豫了一下，沉默下来，不知是否继续。远方正在偷听的花和草，不安地抖了抖身子，紧张地屏住呼吸。

怎么了？少年轻轻地问。

没什么。有一天，女孩看见月亮掉进水里，她咬着牙，艰难地走在光滑冰凉的鹅卵石上，奋力蹚进水里，一步步接近河心漂浮的月亮。她小心翼翼地伸出手——她的手因兴奋而颤抖——她以为触碰到了天空的幸福。

而就在那一瞬间，月亮碎了。没有声音，什么也没有。原来只是倒影罢了。

未名咬着嘴唇讲不下去了，那条河，似乎就要从她的眼睛里流出来。

最后呢？很例外地，少年多问了一句。

未名低低的声音暗淡无光：女孩带着湿淋淋的忧伤上岸了。

那天，让你淋雨的伤心事，就是它吧。少年的嘴角突然扬起，他的轻松让未名有些生气。

是又怎么样？你不能这样对待别人的忧伤。

不，听我说完。少年不紧不慢地解释道。我觉得结尾可以用另一种方式表述。像这样：女孩带着一河跳动的星光上岸了。

夕阳刚刚被远山抹去了最后的余晖，未名却蓦然被少年的话照亮，从眼睛，直到心底。她不可思议地看着一个美丽圆满的结局，感觉自己的潮湿被瞬间晒干。

少年就这样轻而易举地改写了一个童话的结尾。未名在回忆往事时，便再也找不到一个伤心的理由。

3

夏天的味道是繁茂的、开朗的、明媚又充实的，一如未名的心情。和少年一起散步的点点滴滴，就像清晨的露水，晶莹地滚动在草叶的脸颊上，就像所有美好的起源，不易察觉，却能给整个花园带来崭新的生命。

未名不再写有残缺的童话，她想保持童话的圆满与幸福。如果连童话都让人落泪，那我们以文字为伴就不免太过悲哀了。她这样执拗地想。

现在未名是花园里最乐观的生命，总是开导一些默默垂泪的伤感的花儿，就像当初少年安慰自己一样。不知不觉中，她感到一种不知名的力量生长得很高，像一把伞，硕大的雨滴和酷热砸上去，清凉的雨丝和光芒飘落在她仰起的脸上。

有一天未名好奇地问，我的花园并不算美丽，没有牡丹、郁金香和玫瑰，我也不会修剪和栽培，你为什么会喜欢这里呢？

少年不假思索地说，因为这里的一切植物都可以自由生长，长成它们梦想中的样子。而且你听得懂植物的语言，这已足够特别了。

未名略微惊讶地看着他认真的表情，又问，你最喜欢什么花呢？

向日葵呀。

未名的微笑染上了金色，这里开得最多最艳的就是向日葵了。这是她最喜欢的花，她想让这些小太阳们照亮更多角落。也许，少年也是这么想吧。

花园里最神秘的地方，就是被藤蔓包裹起来的小径末端。丝瓜藤总是哗啦啦地与风击掌，牵牛花吹起粉色的小喇叭，南瓜藤会在落下小黄花之后送她一个乖乖的南瓜宝宝。还有金银花的藤，总能看出她的心情，轻轻伸出手，牵住她的喜悦或悲伤。

寂寞的时候，未名会想起这里。但今天来，并不是为了寻找安慰。未名带路，小径旁的野草纷纷让路，向少年点头问候。

未名，我送你一个植物的名字吧。少年说。

是什么？我猜猜。向日葵？茉莉？不会是车前草吧？

看到少年频频摇头，她失落地说，哦，还是叫未名吧。

绿藤。

他的声音稳稳地扎根在未名心里，蔓爬了之后的许多个日子。

为什么？

因为绿藤柔韧，坚强。你看它纤细的手，多么坚定又勇敢地伸向未知。也许前方并没有树枝让它攀爬依靠，但它从不退缩反悔。扑空？那又有什么关系呢。只要不放弃，充满希望，它就会慢慢向上爬，离天空越来越近，然后，把幸福牢牢地抓在手心。未名，以后的路你要自己走。我希望你能像绿藤一样，努力向上，向上。能答应我吗？

像绿藤一样……未名听话地点点头。她第一次听到少年一下子讲这么多话，柔软又清新的声音让她有些恍惚，又莫名地感动。虽然她当时还不太懂为什么以后的路要自己走。她自然而然地以为，那个少年会永远陪伴下去。

4

少年好久没来了。

未名偶尔觉得身边空空的，但依然充满期待地等下去。她时常温习他们聊过的花草，默念他送给自己的名字。绿藤，呵，一个属于春天的名字。

渐渐薄凉的空气却在提醒着，不是春，是秋了。未名想起花园边缘的那棵树，应该开始落叶了吧。忙碌的夏天让她暂时忘了去读树叶上的日记。这么久了，还不知道树的名字，真的很抱歉呢。未名这样想着，向树的方向走去。

未名。少年正从树的方向走来，这让未名吓了一跳。花园的入口在相反的方向呀。但相见的喜悦，让她暂时来不及去思考这么复杂的问题。

最近你在忙什么？好久不见了。未名一边说一边走向他。他比原来消瘦多了，面容显得有些憔悴，完全不像夏天那个年轻腼腆的少年。

秋天的时候，我总是有些疲惫，没有太大力气。

他拉着未名坐下，不远处的菊花香，像听不清楚的背景音乐，飘缥缈缈。落日的温和，是暖橙的色调，这黄昏的布景，让他们不由自主地回忆起愉快的夏日。时间像黏稠的甜风，缓缓滑过美好的日子。

你哼的是什么歌？少年打破了沉默。

啊？哦……未名回过神来。她明明记得刚才自己只是在心里唱了两句，他是怎么听见的呢？犹豫了一下，未名问，你知道看得最远的地方在哪儿吗？

少年被难住了，皱着眉头想了很久，还是遗憾地说，不知道。

也许，它只是一首歌的名字吧。未名说着，把下巴放在膝盖上，叹息声像秋风一样凉。

　　能唱给我听么？少年说。

　　未名的脸微微红了一下。还好，夜幕掩去了她的羞涩不安。

　　好吧，我把这首歌送给你。如果唱得不好，不要笑哦。

　　整个花园都把心抚平得像一张纸。花朵闭上眼睛，青草静止，风悄悄地减速，在未名身边驻足静听。

　　　　你是第一个发现我，越无表情越是难过；
　　　　所以当我不肯落泪地颤抖，你会心疼地抱我在胸口。

　　　　你比谁都了解我，内心的渴望很深；
　　　　所以当我跌断翅膀的时候，你不扶我但陪我学忍痛。

　　　　我要去看得最远的地方，和你手舞足蹈聊梦想；
　　　　梦想从来没有失过望受过伤，还相信敢飞就要向着天空的方向。

　　　　我要在看得最远的地方，披第一道曙光在肩膀；
　　　　被泼过太冷的雨滴和雪花，更坚持微笑要暖得像太阳。
　　　　……

　　一个女孩子的声音，轻柔得像一朵天空的云。连云都不忍心飘动了，生怕吵醒了整个花园沉醉的耳朵。

　　倾听，原来是一个心灵的旅程，你会随着歌词的冷暖阴晴一步步走进另一个人的内心深处。

5

明天就立冬了，他怎么还不来呢。未名没精打采地躺在干涩枯黄的草丛里，感到寂寞和萧瑟。连秋虫都没有力气说话了。

起风了。

金色的树叶像凝固的阳光，每一片都记录着树的心情，每一片都讲述着半空中的故事。风把远处飘落的树叶吹近了，零散地盖在未名身上。她举起一片，对着太阳，她似乎看到了叶脉里流动的透明的血液，她想破译古老的密码。

可是树叶突然剧烈地在指尖抖动，她看不清楚。风越来越大，大得似乎要把大地翻到下一个页码。未名有些心慌，她站起来想找个避风的地方。她一直是个没安全感的人，特别是一个人的时候。花，草，藤蔓……一切都这么不堪一击地动摇着呻吟着，未名找不到一处静止。

树！对了，花园里不是有一棵安稳的树么？未名恍然醒来，向树的方向走过去。

越来越多的树叶飞起来。越来越多。

风迎面阻挡着，未名吃力地向前挪步，最后连站稳都很难了。她眯着眼睛，忽然感到周围一暖。她用手挡着风，努力睁开眼睛。

她呆立在那里。

怎么会有这么多树叶？像从天边涌来的金色海波，温柔地拍打在未名身上。像金色的蝴蝶遮住了天空，它们沾满了阳光的花粉，微微的甜、暖，和风混合在一起，明亮的光芒让未名不得不重新闭上眼睛。风带着叶子旋转着飞起来，向上浮升。未名感觉到一个干

净有力的拥抱，或许，只是被树的叶子包裹的错觉。

　　未名，我走了，去找那个看得最远的地方。相信我，它不只是一首歌的名字。绿藤，你要坚强，快乐。

　　是他！没错，是他的声音！未名猛地睁开眼睛，伸出手，想留住远去的少年，却扑了个空。

　　光芒熄灭了，灰尘缓缓飘落，世界安静得好像没有一个人。花园仍是一片萧瑟。只有满地的落叶，依稀与那个梦有关。未名从草丛中爬起来，像是赶了长长的路，疲惫又清醒。她的心跳还和梦中一个频率，她感到呼吸急促，血液流得很快。

　　未名失落地向树的方向走去，此时她只是想找个安稳的地方依靠一下，休息一下。

　　哦，不。这不是个梦。

　　未名发现，花园里唯一的那棵树，消失了。

6

　　抬起头，她分明从月亮里看见少年的眼睛。未名张张嘴，想喊什么，却没有出声。她现在才发现自己根本不知道那个少年的名字，就像不知道那棵树的名字。

　　而他却给了她一个好听的名字，绿藤。

　　我要去看得最远的地方，和你手舞足蹈聊梦想。

　　绿藤轻轻地说。

鲤鱼·蛟龙·飞鹰

李提提

世界上最遥远的距离，是鱼与鹰的距离，一个在天上，一个却深潜海底。

——题记

一

我是一条鲤鱼。打小起，祖母就告诉我，翻越龙门是每一条鲤鱼最光辉艰巨的使命。而唯有那些技艺娴熟、勇猛顽强、不畏艰险、敢于挑战的鲤鱼才能越过龙门，成为叱咤风云的蛟龙。于是，小小的我心里满是蛟龙的身影。

二

放弃了一切和伙伴嬉戏的机会，年幼的我把自己彻底孤立，只为有足够时间练习：上游下潜，翻腾跳跃……那尊贵而高大的形象激励着我。我知道要变成一条龙将是父母不尽的骄傲，将是家族无上的荣耀。为此，我愿努力……

没有天，没有地，一片海水、一条鱼、一颗倔强的心……

三

那是一个闷热的夏天的傍晚，水里的空气已使我无法呼吸，我跳出水面，抬头猛地望见一个矫健的身影在空中盘旋舞动，那灵逸的身姿、那刚韧的翅膀、那傲视一切的伟岸、那搏击长空的坚定……顿时深深地震撼了我。霎时间，幼年时一切关于跃龙门的想法土崩瓦解。内心有一个声音在向我呼唤：做一只苍鹰吧，做一只高傲的傲视风雨的苍鹰……

四

你是一条鲤鱼，成为一条蛟龙是多少鲤鱼毕生的追求，你怎么轻易就放弃自己的追求？

你简直是不知天高地厚，自古以来，鹰就是鹰，鱼就是鱼。其间有着永远无法跨越的距离。

孩子啊，你不具备在天空中生存的本领，外面的世界很残酷，离开了水，你根本无法涉足……

面对长辈们的苦心，我只是淡淡地一笑。

五

无视一切劝阻与冷嘲，淡然一切非议与杂谈，我毅然决然地踏上了追梦的道路。

多少个晨光熹微里我挥汗如雨，多少个晚霞满天时我奋勇拼搏，多少个风雨之夜我无法入眠，多少次炎炎烈日下我不辞艰辛……只为心中那永不泯灭的梦。

我奋斗，我拼搏，我坚忍，我奋力向岸边靠近。等待机会跳出水面，寻找飞翔的踏板。

六

直到那一天，飞跃出水面匍匐在岸上的我为岸上的美好而心醉却再也不能动弹了时，我才明白：我本是一条可能成为龙的鱼。我和鹰本是两条有着很大距离的平行线，永远无法相交。但我不后悔，我曾经追求过，曾经努力过。那时，一滴幸福的泪溢在眼角。

七

第二天，当阳光暖暖地照在沙滩上时，有一滴泪，化作珍珠埋在历史的记忆里……

月亮里的菊花田

刘佳音

引子

伤斜阳枯草

自笑痴

葬落花逝叶

泪渐湿（失）

未见比翼鸟

双飞去？

（一）

一大片菊花，金黄色的呢。

在黄昏下，被染成夕阳颜色的了。

还有一点点的风。

我的梦里，连续两次出现了这个画面。

画面变了。

还是那样的黄昏。但是，那一大片金黄色的菊花，不见了。取而代之的是，一个穿菊花颜色的衬衫的男孩，跑过。

跑过。

又过了几天，还是这个画面。

这次，男孩突然对我说："金黄色的菊花飘啊飘，粉白色的栀子花飞啊飞，淡紫色的勿忘我开啊开。请在一个菊花色又带点淡紫色的月圆之夜来这里吧。"

之后，这个梦没有再出现过。

（二）

碧云遮盖月，
疏雨点芭蕉。
馨夜新星落，
沉雾晨尘没。

今天，一直在下雨。一直。

雨，好大。

从街头，一直淋到了街的尽头。

好像，丝一样，永远不会断，终究要把这个世界填满。朦朦胧胧的，绵绵的，仿佛在诉说一个永远讲不完的故事，重复了一遍又一遍。

不断的雨，让我总在恍惚中，透着一种暗暗的失落，莫名的忧伤，编织着。雨在编织我的忧伤，就如两条平行线永远不会相交一般。数学老师对我们说："非欧定理中有句话叫'平行线会在无穷远处相交'。"那这到底是相交还是不相交呢？无穷远又是多远？走得到头吗？这个非欧定理就像是大人们哄小孩的童话，永远不告诉你真假。

这个月圆之夜，很意外的看不到月亮了。这或许是我失落的原因吧。这场与月亮的约会，月亮要失约了，相聚的时刻，错过了。尽管我知道，月亮会过来赴约，但是是在雨云的另一端。这场雨，像是偶然，又像是必然。

我想起了多雨的江南，想起了武侠小说里那个美丽而无奈的江南。

江南泪，离歌乱。尘世美，烟花笑。

此情可待成追忆，只是当时已惘然。

花叶凋落，根方可成熟。容颜老去，方显合二为一。

我在静静地等待着，那轮琉璃月。尽管那只是唯一的那点奢望，尽管我知道我注定要在一个没有月亮的晚上过中秋节。但我还是愿意在窗台边一厢情愿地等待着月亮，等待着有奇迹发生。这或许是绝望前夕的奢望。

"月亮，你会出来的。对吗？"

这句话在我脑海里重复了一遍又一遍，我一次次的陷入绝望，又被拉回希望。

月影万变，逃不出阴晴圆缺。暮苍幽怨，埋不住一生绝恋。

手机里，祝福团圆的短信一条接一条地发了过来。呐，没错呢，团聚的时候，怎么能想起关于分离的事情呢？

（三）

月亮，出现了。

菊花的颜色。

淡淡的，还泛点紫，就如勿忘我一般。

几个小时的等待，终让我等到了月亮出来那一刻。

这不是奢望。我激动得要哭出来了。

我想起梦中男孩唱诗般的话："金黄色的菊花飘啊飘，粉白色
的栀子花飞啊飞，淡紫色的勿忘我开啊开。请在一个菊花色又带点
淡紫色的月圆之夜来这里吧。"

我不顾一切地冲下楼去。

往北，一路跑着，跑啊跑。嘴里还嘟囔着男孩的话。

不知怎么的，我只想，往北跑，总觉得北边有什么事情要发
生。周围开始变了。

变成黄昏的颜色了。

（四）

眼前出现了一大片菊花，和梦里的一样。

那个男孩，不知从哪朵菊花里跳了出来。

他对我喊道："快跟我一起跑啊。"

我不知道为什么我要跟他跑，但我还是说了一句"恩。"

我追着他跑，跑着跑着。

他在一片菊花林中停了下来。

菊花林和刚才的菊花田不一样。菊花林里的每一朵菊花都像一棵树那么高大。

但，都是金黄而带点淡紫色的菊花。

他神秘的问我："你知道这里是哪里吗？"

我摇了摇头。

我觉得这里好熟悉，除了在梦里，就再也想不起来在哪里见过。

他说："这里是月亮啊。你没发现今天月亮的颜色吗？"

"啊！"我心里大叫一声，"今天的月亮，不就是金黄中带紫的嘛。我竟然在月亮里！"

"我是月亮的精灵哦。可是，月亮里，从来，就只有我一个而已。就只有菊花陪我。"

我不禁有些同情他了，多帅气的一个男生啊。

他继续说道："每八百年的八月十五月圆之夜，我就可以让一个人类来到月亮里。"

我问他："那，那些人呢？"

"都在这里呢，但又，都消失了……"他有点黯然神伤，"所以，我希望，你能在这里永远陪我呢。"

"啊？"我吃惊的大叫一声，有点结巴地说道："不…不行，我、我要回去……"紧接着后退了几步，恐惧地看着他。

男孩的脸，一下子变得狰狞起来："哦？这可不行哦。来到了这里，就不能再回去了哦。"说完，脸上露出了狡黠的微笑。

很快，微笑消失了，眼神又变得忧伤而柔和起来，带着混浊。

"我只是想和你在一起而已。八百年的孤寂和刻骨铭心的伤痛，你忍受过吗？"他歇斯底里地喊着。"我最后再问你一次，你留下来吗？"

　　我强忍着恐惧，努力保持镇定，"我不会留下的。你自己的痛苦，强加在别人身上又有什么意义呢？那样只会让两个人更痛苦。强拉在一起又何必呢。"

　　他发狂地笑着说："既然这样，我就让你成为月亮里菊花林中最美的那朵，永远待在这个月宫里，和我一样悲哀，哈哈。你知道吗？那些被我请来月宫的人，都被我变成菊花，菊花林，菊花田，都是人变的呢。"

　　那一串熟悉的歌声响起了："金黄色的菊花飘啊飘，粉白色的栀子花飞啊飞，淡紫色的勿忘我开啊开……金黄色的菊花飘啊飘……"

　　这，原来是魔咒呢。

　　我的腿好像变重了，像树根一样扎在了土里，不能动。哦，不对，那就是树根。我的身子变轻了，风一吹，就不停地在晃动。我被一股甜甜的菊花的花香包围了。就这么站着，就昏昏沉沉地睡着了。

　　我真的变成了一朵菊花。

　　男孩走到我面前，对我说："你变成了一朵守护月之精灵的菊花了哦。你是我的东西了，你是我的，你是我的……"

　　然后，过去了好长好长一段时间。

　　长得不知道有多长了。

　　我感觉自己仿佛在那里站了几十年。

（五）

　　耳边又响起那首歌："金黄色的菊花飘啊飘，粉白色的栀子花飞啊飞，淡紫色的勿忘我开啊开……金黄色的菊花飘啊飘……"

我的腿好像轻了起来，就在这一瞬间，我的双膝一弯，软塌塌地倒在了地上。

他的声音像风一般轻轻飘过："呵呵，曾经，我真的好想和你在一起，好想让你在我身边，好想把你留下来。但我发现你终究是要走的，我是怎么拦也拦不住的啊……"

然后，我又失去了知觉。

（六）

醒来时，我在一个我不知道的地方躺着。

一个面带微笑的老妇人，走了过来，她说："我们看到你从一个好远好远的地方跑过来，不停地跑着，到了我家门口，你就一下子昏了过去，我们把你扶进来后，你就躺了三天三夜。"

难道，这只是梦吗?

可是，我发现，我口袋里，有一小片金黄色的菊花瓣。

笑对春风弃旧痛，

叹劝桃花舍前情。

人生自是有伤痛，

此恨不关风雨月。

心若无念但潇洒，

看破红尘自顾之。

青蛙历险记

刘　华

　　一轮明月挂在空中，碧波万顷的秧田中，我们青蛙在此起彼伏地欢唱。今晚，我约了几个好伙伴，一起到对面的那块大秧田里去捉害虫。

　　身上绿色的"迷彩服"帮了我们大忙，我们几个像游击队员一样，从高高的禾丛中疾跃而过，溅得水花四射。阿三不光跳得高，歌也唱得好。只见它鼓着两只大眼睛，长舌头一伸再一卷，就捉住一只飞蛾。看得我们几个小伙伴"呱呱"叫起来，一起为他喝彩。

　　突然远处射来一条雪亮的手电筒光柱，一个黑影伴着"咚咚"的脚步声向这边走来。"啊！捕蛙人！"伙伴们失声惊叫起来，"呱呱"，一个个吓得掉头就逃。可是迟了，那个手持钢叉、打着手电的捕蛙人像魔鬼一样，堵住了我们的路。只见他手起叉落，几个伙伴先后发出惨叫。

　　这时，雪亮的电筒光一下照在我的身上，我正要钻进水底，忽然觉得背上一阵钻心的疼痛，眼前一黑便晕了过去……

　　"喔喔喔——"已是黎明时分了。肚子痛得要命，我睁开眼一

看，是一个陌生的世界——捕蛙人的木桶。桶外边，捕蛙人正在换衣服，准备把我们拎到自由市场上去卖。

"呱呱呱……"耳边传来一片伤心的哭声。阿三！忽然我发现阿三也在木桶里。"完了，我们死定了。"阿三也发现了我，它一边流着泪一边拖着一条受伤的腿，吃力地朝我这边挪过来。阿三的妈妈和四个叔叔都是被捕蛙人抓走的……

我俩绝望地闭上了眼睛。

这时一个小男孩的脸出现在桶边，他是捕蛙人的儿子。他惊恐地看着桶里我们这几百只青蛙。看了一会儿，他情不自禁地伸出一只手来摸我，我吓得"呱"一声，拼命地往旁边一跳。

他忙缩回手去，回头对他爸爸说："爸爸，你瞧这些青蛙多可爱，把它们都放了吧！"

一个粗暴的吼声立刻响起："去去去，你小孩子懂什么，快滚开！"

小男孩不情愿地站起来。他望望我们似乎不甘心，"爸爸，那你给我留两只玩，可以吗？""好好，拿吧。只准拿两只。"捕蛙人不耐烦地说。

小男孩飞快地蹲下来，从我们这群可怜兮兮的小伙伴中，轻轻地捉住我和阿三的腿，朝屋外走去。

走了很远很远，终于来到我熟悉的那块秧田边，他把我俩放下，喃喃地说："去吧，小东西，我只能救出你们两个。"我和阿三噙着感激的泪水，用尽全身的力气"呱呱"地叫了两声，忍着伤痛跳进秧田中。

我的名字叫水

左文佳

我从乌云的怀抱里来，落到了世界各地，到处都有我们的足迹，我的名字就是水。

晶莹而渺小，也微不足道，在生命的旅途中，我经历了许多变化。

一阵阵闪电劈开了乌云的肚皮，我混在雨丝群里跳出了乌云的肚子。刚来到空中，我就知道我将会经历一场不平凡的旅行。我轻飘飘的，毫不引人注意，风把我吹到了遥远的地方。我一直在空中飘着，和同伴一起在空中滑过。不知不觉，我开始轻轻往下降，我看见自己的身体大了许多，变成了一颗小水珠，我摆脱了风的阻挠，开始自由地改变方向。我知道我会落到人间一个很美丽的地方，我对那儿充满了向往，所以我开始努力地向下降。现在看来，我的路还很遥远。我还只是个孩子，也会偷偷地玩，所以常常活泼地摆动着身子，成为夜空中的一个可爱的风景。

但是，我还是累得睡着了。突然，猛烈的打击将我震醒了，我落到了一条干枯的小河床里，我睁开眼，已是第二天的清晨了，太阳挂得老高，强烈的阳光烧烤着我的身体，我疼痛万分，慌忙地滚动着身子。我不敢停歇，一直向前滚去，过了河床，过了沙滩，流到了一个小池塘边，我太兴奋了，"咚"的一声就跳了进去，从此改变了自己的生活。在我的胸怀里，游动着许多可爱的鱼儿，也长着一些美丽的水草，从此我变成了小池塘。望着无边无际的天空，我感到了自己的渺小，就决定去旅行，去见识美丽的大千世界。

我滚动着自己小小的身子，勇敢地迈开步伐，快乐地向前流去。一路上，许多动物喝我身边的水，在我怀里洗澡。看到他们快乐的笑脸，我心里快活极了。我日夜不停地流着，看见了许多新奇的事物，听到了许多新奇的故事，克服了许多困难，也滋润了许多生命。经过长时间的奔波，我来到了一摊沙地前，乍一踏上沙地，那摊沙子立即吸取了我身上大量的水分。我吓了一跳，不惜一切地冲向沙滩，忙拼命地想从上面飞驰过去，当我只剩下一丁点儿水分时，终于冲了过去，到达了一片汪洋大海之中。我的生活也就从此彻底改变了，每天都自由自在地游玩，平静时回忆自己那奇妙的历险经历，高兴时就拍打着水花，有时生气了就掀起一阵阵浪啸，我变成了大海。

现在我虽是汪洋大海，但时刻铭记：我原来只是一个很渺小的水滴。

简小单的泡泡

蒲佳丹

简小单一直说自己是泡泡仙子。这可不是胡说的，简小单的外婆是泡泡国的合法公民，只是爸爸妈妈都是A城土生土长的城里人。简小单小时候去外婆家玩，住了一个暑假，便迷上了那儿的泡泡，五彩斑斓，可真漂亮。

简小单可是真的爱吹泡泡。为了这，七岁的她打死也不愿上学，为什么呀？同样七岁的邻居罗妮妮知道："上学就不能整天吹泡泡了。"罗妮妮可懂得不少，爸爸妈妈从小送她学舞蹈、钢琴、书法……俨然是个全才的罗妮妮看上去比简小单大好几岁，可用她的话说："我跟小单那是死党，最铁的，比豆腐硬多了。"

简小单的爸爸妈妈这两天都怪怪的，整天皱着眉，小声说着话，却突然又扯着嗓子，发出像破喇叭的声音，忽而尖细细的，忽而又拉长了调调，怪里怪气。现在他们出去了，留简小单一人在家，又不准她出去玩，说什么太危险。简小单已经有三天没有和妮妮一块吹泡泡了，虽然妮妮总说吹泡泡太幼稚，但还是天天陪着她吹。不过现在她只能自己一个人玩，"扑，扑"吹出两个大泡泡，

它们挪着圆圆的身体，悠悠地往上飘，阳光映在泡泡上，折射出五彩的光芒，这光芒在空气中流动起来。简小单在七彩的泡泡中看到了自己，快活地吹泡泡的自己。

看着，看着，简小单竟然睡着了。她梦见自己正乘着泡泡飞翔，身边围绕着自己的亲人和好友，有爸爸妈妈、妮妮、妮妮的爸爸妈妈，他们两家人像一家人一样相聚在一起，就像平日里的她和妮妮。

"叮叮咚，叮叮咚，铃儿响叮咚"，悦耳的铃声响了起来，"开门！开门！"简小单大叫起来，随着简小单的用力，泡泡突然越来越大，甚至整个天空都装不下了。"呼！"一声震天动地的轰响，泡泡爆炸了。简小单的梦醒了，她听到了清脆的门铃声。

打开门，正是罗妮妮。两个小屁孩乐得凑在一起。"小单，你怎么又睡着了呀？""我怎么知道？对了妮妮，我梦到你了，还有我们的大泡泡。""哎，简小单，跟你说话真无聊。""无聊是什么，好玩的意思吗？"

……

几天后的下午，简小单从罗妮妮家回来，爸爸妈妈正和妮妮的爸爸妈妈一起在客厅里喝茶，四个人一句话都不说，气氛有点儿冷。简小单心想喝茶也这么复杂，大人们真厉害。带着满满的尊敬，简小单跑到门外又吹起了泡泡。

客厅里的声音越来越大，好像是四只高音喇叭，简小单被吵得捂住了耳朵，小鸟也听得"扑棱"一声飞走了，连泡泡们也被吓得碎了一地。

声音实在太大了，邻居们都跑来了，纷纷在猜测发生的事情，脸上都漾着一层神秘。罗妮妮也来了。

"小单，他们吵架了。"妮妮带着哭腔说。简小单也很害怕，因为四个平时关系很好的大人此时都争吵得面红耳赤，什么形象都没了。简小单看着他们的嘴，觉得好像是无底的黑洞，越想越觉得可怕。

然后，妮妮终于放声大哭了，简小单也哭了，很大声很大声。四个大人听到都停了下来，怔怔地看着两个小女孩，他们突然不好意思起来，有点羞愧，有点后悔，但似乎还不想这么快结束这场争吵。就在这当儿，奇怪的事情发生了，一地的泡泡碎片都聚拢了起来，一会儿工夫，它呼啦啦地长得很大很大。大人们都惊奇地看见了泡泡里面的另一个自己，在快快乐乐地或喝茶，或打扫，或洗衣，或做饭，一切都是其乐融融的样子。泡泡越来越大，越来越高，包容进去的人物更多了、更丰富了。突然，"呼"的一声震天响，破了。但是，此时的人们张大着嘴巴，什么都没说，散开走了。刚才正吵得不可开交的四个大人，此刻正握手言和呢。

简小单和罗妮妮早就惊呆了。半晌，罗妮妮才说："小单，你真是泡泡仙子啊！"

后来，简小单还是吹着她的泡泡。有一天上课的时候，老师正在教学生们给"和"字扩词，同学们都踊跃地说："和气、和平、和美、和睦、和善、和谐……"简小单想，这个"和"字可真好啊，能组成这么多美丽的词，就像她的泡泡，能长得很大很大，飞得很高很高，还带着七彩的光芒。

文字的请假条

张智霖

清早醒来，我发现昨晚书桌上的那白稿纸竟已铺满浓墨，细心一看，原来是文字的请假条，不由慨叹现在连文字都这么缺德，问都没问就用了我一整张稿纸。揉揉眼，看了一下：

请假条

尊敬的文字用户：

　　您好！

　　在下最近百病缠身，痛苦难堪，想请假一个月，以减轻工作负担，休养生息。具体原因如下：

　　流鼻涕，打喷嚏，发高烧，头晕目眩。秋天刚走，冬天扑面而来。这个冬日，寒风呼啸，偶有大雪小雪，深深寒意撩起了青少年用户迷茫的眼神，飘飞的白雪使他们感受到唯美的浪漫或漫天的凌乱，窝在家里更使寂寞扎根于心中。

自然而然的，我被他们邀请了，并且受到精心的美饰，拥有了我不该拥有的美丽，以适应这个独特的季节，服务于那强烈的情感。就在我面向广大的读者后，以凄美的姿态博得了他们的感动，于是刷刷的眼泪刷刷地冲下来，落在我身上，冰冷的液体敷在皮肤上，毛孔的疯狂吸收使我得了严重的感冒，疯狂地把感冒的症状表现得淋漓尽致。唉，实是难受。

（我在感叹文字的自我驾驭能力也不过如此后想起了一些东西，譬如我的感悟能力。不得不承认我很笨，看到秋叶如骤雨般落下或蝴蝶般飘舞总不会感到一点点伤感，或是感慨岁月折磨、永远分离、默默守候什么的；独自一人在静夜里望着孤单的月亮也只会想起"嫦娥"一号……）

颈椎疼痛。这是老毛病了，跑过很多医院都无法根治，可能是因为我从来都没有让颈椎好好休息过的原因。其实我也很无奈，身为无数人宠爱的文字就有责任为他们服务，所以整天都要戴着沉重的面具。戴面具是为了伪装自己，这些都是青少年用户的要求。我理解，毕竟这世界是需要完美的。例如有人想描述自己的好老师，那么他就有必要让他的老师完美地呈现在作文里，如果事实上没有事例能体现出来，就可以适当运用一些想象。这种方式很普遍，四五年级的小朋友也会，就像他们写作时说在他们吃苦瓜时就想起生活的先苦后甜，而事实上是他们面对作文本时才想到的。因此，我的面具一层又一层，越来越沉重，所以我的确需要请个假去找个医生给我架个钢制颈椎。

（面具这事我也知道，以前我也用过，只是如今有点反感，觉得在文字戴上面具以后就无法认出它们了。看来我有点像逆流而上的笨鱼，毕竟那是不老的趋势。）

　　心肌劳累，噩梦连连。我可能有心理障碍。时下的恐怖小说使我获得许多小读者的青睐，但他们总会突然间大叫起来，搞得我心神不宁，就像裤兜里装上随时会爆的炸弹一样。万一我患上精神病，后果不堪设想啊。

　　综上所述，亲爱的用户朋友总该理解我的苦衷了吧。望君批准。

申请者：文字

2008年3月18日

　　我不由慨叹起来，拿起笔深情写上"同意"，签上我的名字。我很愿意一个月不打扰文字，让它好好好好地休息一下。

地球就诊记

林梦婷

时间：公元2769年
地点：宇宙医院
病人：地球

眼科

"大夫，我的眼睛最近看东西总是模糊不清，有时甚至只能看到有影子在动，这是怎么了？"地球揉着眼睛问道。

医生金星迅速用"E-1检测仪"对地球的眼睛做了初步的检测，几秒后，电脑屏幕上出现了一行字："砂眼严重，有轻微结膜炎。"

"这可不好办。"金星抚着下巴思忖着。

看到检测结果，地球焦急地问："有什么药可以治吗？"

金星摇摇头叹息道："据我所知，近来土地沙漠化愈来愈严

重，沙尘暴也随之而来，你的砂眼就是因此而感染上的，如果你的儿女——人类再不注意保护你的眼睛，那后果就……"金星意味深长地叮嘱着地球。

呼吸道科

（地球沮丧地拿着病历从眼科走出来，走进呼吸道科。）

"大夫，我近来常感呼吸困难，咽喉处老是有刺痛感，总是咳个不停，咳咳——"地球痛苦地呻吟着。

"让我看看，"医生木星扶了扶眼镜，"啊——把嘴张开。"

"呀！你的扁桃体还肿得不轻。"

"那可怎么办？"

"唉，这可就要怪你的儿女对你照顾不周了，听说你的儿女近来富了不少，个个都建工厂，买小车。"

"是啊。"地球脸上露出幸福的微笑。

"可别高兴得太早，你这病就是因为这些工厂排出的废气，小车排出的黑烟造成的大气污染而落下的。"

"啊？"地球惊讶地叫道。

心血管科

（拿着两张"黑名单"，地球的脚步更加沉重了。）

来到心血管科，医生火星先给他做了个血液透析，结果很不理想，一些动脉已经过早地出现老化现象，血液流速极其缓慢，这可不是个好兆头。

　　"你要注意了，这样下去会有脑血栓的危险。"火星严肃地说："如果你的儿女不注意爱护你的身体，继续往江河里排放污水，乱扔垃圾，那可就……"火星道。

　　地球已无力再去做其他的检查了，他没有想到，自己辛勤培育出的儿女竟然这样"回报"他。

　　"唉，子女不孝啊。"地球后悔莫及……

一条被淹死的鱼

路　瑶

我是一条鱼，一条被禁锢在鱼缸里的鱼。

外界的一切对我来说只是一个幻象层玻璃，缥缈虚无。我只能透过它看着那些风景。唯一能陪伴我的是一个动物，主人叫它猫。

猫是一种危险的动物，会让我的生命瞬间结束在那锋利的牙齿间。然而我却在猫的眼里看见了淡淡的忧伤。我羡慕猫，羡慕它能够在阳光下自由地奔跑，任微风吹乱那柔软的毛。

一缕阳光将我从睡梦中唤醒，一双大眼睛紧紧地盯着我。我条件反射地向后游去。妈妈的话不停地在我耳边回荡着："猫是危险的动物……"猫歪着脑袋眨着它那双温柔的大眼睛，无辜地看着我，像犯了错的小孩一样。我的警戒心瞬间被击碎了，我轻轻向前游去。

"我们说说话好吗？"猫轻声问道。

"好啊！"我高兴地摆动着身体。

从那以后，猫每天都会趴在鱼缸边，静静地看着我。陪我聊天，给我讲外面丰富多彩的世界，讲花儿艳丽的颜色，讲鸟儿动听的声音，讲人与动物之间的趣事。看到我开心地笑，它也露出孩子般纯真的笑容。可我仍看见它眼里划过一丝忧伤，一闪而逝。

"猫，为什么你看起来那么忧伤？"

"因为……因为我想成为一条鱼。"猫抬起头用深邃的目光盯着我。

"什么？成为一条鱼？"我吃惊地瞪大了眼睛。

"嗯，我想成为一条鱼，和你一起在水里惬意地游弋。"猫的眼里闪着光。

"可你是猫啊！可以自由地在阳光下奔跑。"

"有些事你是不会懂的。"它眼里的光黯淡下去。

"那，那我就把你当成一条鱼好了。"

"真的吗？你真的把我当成一条鱼？"

"嗯。"

猫傻傻地对我笑着，把爪子轻轻放在我脑袋上，一种幸福感瞬间包围了我。

"妈妈，妈妈，快来啊，猫想偷吃鱼！"一个稚嫩的童音传来，猫不舍地走开了。

猫仍每天趴在鱼缸边陪我说话，每次还不忘摸摸我的头，那真是一生中最快乐的日子。可是，幸福总是短暂的。那天早上，一声巨大的水响将我从梦中惊醒，只见一个庞然大物落在了我的身边，那是猫！我惊恐地睁大了双眼，它终究还是把自己当成一条鱼了。我无助地在它身边游着，我真恨自己的弱小，恨自己的无能为力。猫绝望地看着我，我哭了，可猫却看不到我的眼泪。"猫，你真傻！"猫温柔地看着我，像它第一次看我一样，然后安静地闭上了眼睛。

主人把它从我身边抱出去，惋惜地说："傻猫想吃鱼，反而把自己淹死了。"我知道事情并不是这样的，我知道那是一只因为想要成为一条鱼而淹死的猫，我知道那是一只放弃了猫的生活而淹死的鱼。

鼠妈妈的视线

东方虹

一

小老鼠顺着墙脚，边走边观察，看周围有没有吃的东西。

突然，他眼睛一亮，在一个僻静的墙角，有一块小小的木板，上面放着他十分喜爱的食品：一小块已经煮熟了的精肉！他赶紧跑过去，想先咬一口解解馋，然后叼回去给妈妈尝尝。他用爪子抓抓木板——木板没有什么异样，绕着肉转了两圈——一切正常。他判断：这是一块没有主人的肉！

他的脚刚踩上木板，身后便传来妈妈急切的声音："孩子，别上去啊！"

小老鼠吃了一惊，赶忙退了下来。

鼠妈妈说："你没有看到木板上张开的铁齿吗？这是人类捕杀我们的机关啊！你上去一咬肉，铁齿就将你的腿夹住了，你再也不可能逃脱了！"

二

小老鼠继续寻找食物。

在一堆乱草中，小老鼠发现了一小堆黄澄澄的谷粒。他想：人类的谷子都会堆放在仓库里，这草丛里的东西肯定是别人掉落后不再要了的。吃它，该不会引起人类的反感吧？他警惕地向谷粒上下四周瞧瞧——没有铁齿；用鼻子仔细嗅嗅——没有异味；他围着谷粒转了一圈又一圈——没有异常情况发生。他靠近谷堆，准备好好地吃一顿。

"站住！"身后传来妈妈急切的声音，"孩子，吃不得啊！"

小老鼠立刻站住了。鼠妈妈说："这是有毒的谷子啊，每一颗上面都沾满了'毒鼠强'，这是一种烈性的毒药，你只要吃上几粒，就再也活不成了！"

三

鼠妈妈走了，小老鼠觉得这个世界处处布满杀机。他不能不小心行事了。

他来到了一个很大的垃圾场，这儿臭气冲天，污水遍地，想必人们不会来这儿做什么手脚吧。于是，他放心地在这里寻起食物来。

突然，他感到身后似乎有阵阵杀气，本能地将身子一纵，但尾

巴还是被什么紧紧地咬住了。他转身一看，顿时魂飞天外：一只小花猫咬住了他的尾巴，瞪着极端仇恨的眼睛望着他。他拼命挣扎，急于逃命。但猫死死咬住不放，他怎么挣扎也无济于事。

正在万分危急之时，猫突然发出一声凄惨的"喵呜"，松了口，小老鼠便一下蹿了出去，钻进了旁边的一个小石洞里。他屏住呼吸，朝外一看，那只小花猫正在追赶自己的妈妈。鼠妈妈东绕西蹿，终于也钻进了围墙下的一个小洞里。那只花猫守着洞口用爪子抓扒了老半天才悻悻地走了。

四

小老鼠空着肚子回到家里，鼠妈妈给了他几片菜叶。他吃着，问："妈妈，我好像无论走到哪里，都在您的视线范围之内。您的视线会拐弯吗？"

鼠妈妈用爪子将将儿子的胡须，语气中充满了深深的爱怜："孩子，妈妈关注你，用的不是眼睛，而是心……"

选美大赛

舒　渊

"《新华词典》要举办选美大赛了！"这条消息像长了翅膀一样，在《新华词典》的"公民"中迅速传开了。所有的词语都很兴奋，大家踊跃报名，都想夺取本次大赛的冠军，并获取奖金5000万元。

经过一番激烈的角逐，通过初赛、预赛、复赛层层选拔，最后选出前六强参加争夺冠军的决赛。赛场上，金钱、美貌、聪明、快乐、时间五名选手站在台上，摩拳擦掌，跃跃欲试，志在必得，而毫不起眼儿的"真情"依然不卑不亢地站在一旁，心里做好了充分的准备。

主持人"诚信"手持话筒在台上慷慨陈词："女士们、先生们，大家上午好！欢迎大家关注本次选美大赛，本次大赛的宗旨是最真、最善、最美！首先，让我们用热烈的掌声请出本次大赛的评委——公开、公平、公正三位先生。"在热烈的掌声中，"公开"、"公平"、"公正"向大家挥手致意，并由"公正"代表三人致评委誓词："大家好！我们非常荣幸能出任本次选美大赛的评

委，请大家相信我们一定能公平、公正地对待每一位选手，并提高大赛的透明度。下面让我们请出进入决赛的六名参赛选手。"在雷鸣般的掌声中，六名选手先后登场，并分别摆了漂亮的"pose"，观众的欢呼声响彻云霄。"金钱"小声嘀咕道："不就是五千万元吗？我才不稀罕呢，我要的是崇高的荣誉。""美貌"也不住地嘟囔："这次选美嘛，奖金肯定归我，因为我是最美的。""聪明"喜形于色，迫不及待地说："五千万元肯定是我的，谁叫我最聪明呢！"……只有"真情"默不作声，脸上呈现谦逊的微笑。

"请安静，下面进行才艺表演。"主持人大声宣布，"首先有请金钱小姐为大家表演魔术——隐身术！"金钱走到舞台中央，拿出一个披风盖在身上。顿时，奇迹出现了，金钱竟失踪了，台下一片哗然。几十秒后，金钱突然在最前面的观众席上现身，向观众招手。大家纷纷称奇。金钱赢得了阵阵掌声。

第二个出场的是"美貌"，她给大家表演的是"模特秀"。"美貌"穿上鲜艳迷人的衣裙，在"T舞台"上来回扭动迷人的腰肢，还不时向观众抛出媚眼。观众如痴如醉，掌声如雷。是啊！美貌本身就美丽无比，再加上巧妙的造型、迷人的服装，观众无不为之倾倒。

接下来，聪明、快乐、时间都各显神通，分别表演了自己最拿手的才艺……

最后一个出场的是"真情"，她为大家唱了一首歌曲——《真情》，这是她自创的歌曲。"真情似水，给人以甘泉；真情似火，给人以温暖……""真情"以甜美的歌喉、宽广的音域、靓丽的音色、真挚的感情博得了观众的阵阵喝彩。

才艺表演结束了，评委们正在紧张地统分，大家都在焦急地等待最终的结果。突然，场内"才华"老人昏倒在地、不省人事，观众乱成一团。"金钱"、"美貌"等人都在心中打着自己的小算盘，根本不去理会一个老头的闲事。这时，只见满脸焦急的"真情"匆忙走过去，把"才华"老人扶正，让他躺平，并用人工呼吸给老人实施紧急抢救，大家被"真情"的善心所打动，纷纷向她竖起大拇指。这时，"才华"老人突然睁开眼，站起身，在大家惊讶的目光中走上舞台，并与"诚信"握手。这时"诚信"激动地宣布："大家安静！'才华'老人刚才演示的是今天比赛的第二个题目：善心测试。'真情'通过了考验，展现了世界上最美好的心灵，现在我宣布，本次选美比赛的冠军得主是'真情'，获得奖金五千万元！"

台下一片欢腾，大家高呼："真情万岁！"

网络受审记

凤凰传奇

网络被推上了道德法庭的审判台。它一副若无其事的模样，狡黠的眼睛滴溜溜直转，还摇头晃脑，不时向听众席上的听众挥手飞吻。

听众席上挤满了人，大都是青少年学生，情绪高涨，嚷声不断。有的喊："网络，你笑里藏刀，可恶可恨！"有的声援："网络神奇！网络无罪！"……

审判长入席，威严地开口："大家肃静！现在开庭。先请原告陈述状告被告的理由。"

原告是一位中年妇女。她声音里充满了愤恨之气："我要控诉网络！它罪恶累累，作恶多端！它使得不少学生沉迷其中，贪求玩乐，不思进取，荒废了学业！我儿子就是受害最严重的一个。它还宣扬色情暴力，是非不分，善恶不明，诲淫诲盗，使不少青少年上当受骗，甚至走上了犯罪道路，严重影响了青少年身心健康的发展和社会的安定……"

网络一听急了，张口结舌地申辩说："天地良心，我……

我……"

审判长喝令："被告肃静，还不到你申辩的时候。"

被告的辩护律师提议说："请原告不要只说空话，要以事实为据。"

审判长裁决："同意被告辩护律师的提议。"

中年妇女于是陈述事实："据有关资料，网络中有百分之九十是不良信息。在中国，网络不良因素的增长率是百分之四百。有百分之七十的中小学生只把网络当玩具而不是学习工具。更有甚者，南昌一名高中生因过度沉迷于网络游戏而猝死；一位四川女大学生沉溺于网吧，经常上网聊天，结果因交友不慎，自杀身亡。各种网络犯罪更是难以禁止，给全世界造成了巨大损失……因此，希望道德法庭给网络以严厉的谴责和处罚，并责令其改邪归正。"

被告辩护律师慨然陈辞："各位，我想辩白的是，网络无罪。刚才原告所陈述的网络罪状，其实都是人为造成的，与网络何干？网络连帮凶都不是，只能是替罪羊。一个不可反驳的事实是，网络的高效、便捷无可替代，人们的生活、工作、学习已离不开它。网络新经济的迅速发展，引发了一场场科技革命，大大推动了社会的发展，将我们推到了有史以来的文明制高点。这都有目共睹。看待事物都应一分为二，有利就有弊。我们不能因噎废食，不能因为空气遭受了污染就不呼吸了，对吧？让我们不断使网络走向完善吧，一切都会好起来的！"

网络深受教育，最后发言："人类呀，宽容我吧，我一定不断反省自己，完善自我。请求大家用理智支配我，扬我之长，避我之短，切忌一味依赖我。让我们共同走向美好的未来！"

在道德法庭的调解下，原告与被告达成了和解。听众席上掌声一片。

第三部分

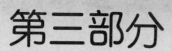

坐在阳光里写诗

我坐在阳光里写诗
我的花，有名字的没名字的，全部开放
熏人的香气向着村外蔓延
我的河，清澈见底，泛着幸福的涟漪

——马列福《十月的少年》

我总是这么美美的想着

（组诗）

牧　笛

我期待这样一个时刻

我期待这样一个时刻——
那么多的糖果屋、蘑菇伞、铅笔树
那么多的莲蓬裙、麻花辫、银戒指
那么多的玩具兵悠着春的眠床
那么多首诗排列，是温暖富饶的梯田

国王、骑士、巫师、精灵依次走过
那么多种语言，有金属的质地和水晶的光泽

孤独开出花来，一朵一朵
那么多，那么多，如明亮的棉花糖

樱桃树下，乡下老鼠被盛情款待
那么多小小的爱相互簇拥，呐喊
麻雀振臂高呼，干杯！干杯！
会飞的石头，用魔法赶走食梦兽
阳光弯下腰，点燃大地之灯

软软的泥土，散着星星的心语
一夜间，那么多爱的心情长成新绿
扯住风的衣角，菖蒲、艾草和小麦从头顶纷纷掠过
一场红色的草莓雨中，谁会举着伞等我

我总是这么美美的想着

我总是这么美美的想着
红色的月牙下
那些被湿湿的泥土抱着的
花神的种子
沿着旷野与河流迸发
比女巫飞得急，比精灵跑得快
穿过篱笆和围墙
在我的城堡、篮筐和暖暖的小被窝

挺起腰身

我总是这么美美的想着
有谁和我一起沉默，生起很亮的篝火
世界装进行囊
那些野兽那些仙人
黑森林里的小猎狗
长着驴耳朵的国王
戴着面具的小丑
穿着迷彩服的工兵
骑上蓝信封，白信封
我摇响铜铃，指挥麻雀
在深冬的季节
进进出出

风筝线上，哗啦啦啦，那是
星星在翻转
越来越轻，越来越静
还有什么在摇晃
像优美的桥
像干草的屋
像巨大的漂流瓶
像锦缎般延伸的路
被我散着奶香的小手
远远的

握一握

可能的话，所有的风都愿意
只在我
咿咿哑哑的喉咙
和黑亮的眼睛深处
拂煦
夜莺的歌声缓缓而起
这来自咏唱的景象
在我小小的，小小的房间
挂满葱绿的灯笼

我总是这么美美的想着
呼噜呼噜，一副没有梦醒的样子
有时我也踮起脚尖
等着夕阳，这挂在树上的懒猫
如何用酒的色彩喂养我
沙沙沙沙
几片叶子垂落，蹑手蹑脚
像我性格中最羞怯的部分

今夜，我要唤醒那些沉睡的文字

今夜，我要唤醒那些沉睡的文字

让它们光洁的额头升起，如一轮熟透的月亮
我要让它们的唇，浸满浓浓的绿
麻雀般啄过黑色的冻土
让它们的灵汁，蜿蜒而下
用来自冰雪的狂暴
荡涤软弱的呻吟、霉烂的忧伤
我要用健壮的心跳和高昂的胸音唤醒它们
就像，黎明用螺号鼓起海的翅膀
我要让被沙砾幽闭着的贝壳
探出灵感的花翅
让所有爱过春天的心
相互擦动，生成火焰
我要让一切朴素的耳朵，花瓣般贴近美
我要用我的文字翻译
天空对大地的独白

我将以三生的眷恋去唤醒文字
掀开薄雾，在被洗亮的风景中，
等待它们
我会眼含泪水，和它们拥抱
紧紧拥抱，与现实作短暂的绝离
我要在金黄色的呢喃里仰望或者匍匐
让光芒比沉默更加壮大
我要把泥土、雨露和阳光的嫩芽都注入文字
让它们在甜腻的风中长出筋骨

剩下一些，我想留给黑夜的密使
让他们，用魔法给孩子幸福的睡眠

今夜，我要唤醒那些沉睡的文字
让它们带着歌声和爱下凡人间
我要让它们停泊或者游弋
水草一样装饰我们的梦
让它们带着我的体温，潜入我的心
就像，另一个小小的世界
我要收集思想的沙粒，情感的沙粒，幻想的沙粒
将大地抬高三尺
我要采撷被悲哀浸润过的花的名字草的名字
沿岁月的白发，种植微薄的信仰

今夜我要将那些文字全部唤醒，列队
一粒粒，如星，耸起倾斜的蔚蓝
忧伤的空白给予谁足够的长度？我看见
车轮，树影，萤火虫和数字都在奔跑
呼啸着，沸腾着，如同
文字的血液

十月的少年

（组诗）

马列福

行走者的故事

我是一个忘了自己姓名的行走者
年轻却也孤独
然而，孤独是孤独者的幻想
纯净并且流畅

我怀揣着一张皱巴巴的地图
从故乡远赴他乡
不断踏上陌生的土地

总在仰望深邃的苍穹

我把每一季的风景都写成华美的诗篇
献给曾经给过我笑脸和拥抱的朋友
即使他们早已退出我的旅程
但想起来，依然那么温暖

我试图破译风的手语
我要像一道金色的闪电那般
穿过一段生命与另一段生命的罅隙
追寻记忆深处遗失的青春韶光

十月的少年

十月的少年
喜欢收集阳光的金色
和仙人掌一起发呆
泥土干燥，风吹过
没有留下任何言语

他内心的青春
仿佛老屋后的大山，悄悄矮下去
石头裹紧理想
越来越硬

仙人掌的刺

从少年的诗中长出来

昨夜的雨水让它多么感动

鸭子、小鸡围在爷爷身边听故事

被翻晒的谷子

把潮湿的往事完全摊开

一只麻雀忘记了飞翔，停下来

那个十月出生的少年

多么安静

而黄狗的吠声

吓飞了故事中的蝴蝶

树上还没落的叶子知道

他的小河

将流向这个季节的深处，更深处

我坐在阳光里写诗

我坐在阳光里写诗

我的天空，洗过一样，只剩下蓝

一小片忧伤也寻不见

我的风，东边吹来，不急不慢

我坐在阳光里写诗
我的花，有名字的没名字的，全部开放
熏人的香气向着村外蔓延
我的河，清澈见底，泛着幸福的涟漪

我坐在阳光里写诗
我的抒情，也是温暖的
我的文字，变成一群蚂蚁，千山万水
把我的思念送到母亲的掌心

少年故事

春光乍泄的这一季
我怀揣着一张皱巴巴的地图
从故乡赶赴他乡
不断踏上陌生的土地
只有温柔的风
了解我年轻的心的渴望

夏蝉放歌的这一季
我勇敢地用黑眼睛寻找光明
于是我在蓝天下

也在风雨中拼命奔跑

总坚信幸福就在不远处向我招手

期盼梦儿快开出娇妍的花

秋叶飘零的这一季

每每看见阳光的金手指

轻轻摸着灰调的土地那冰冷的肋骨

我便遥想起自己生命的归宿

那我尚未达到的一处理想的高度

一种人生的境界

冬雪纷飞的这一季

我盘坐在炉边抒写青春华丽的诗篇

孤独但不寂寞

我从闪烁的蓝色火焰中发现另一个自我

有故事的少年背好空行囊

准备开始新的征程

青春的保证书

我的年少　曾经

无知中还夹着些轻狂

对人生也不打草稿

就背上行囊匆匆开始征程

然而　这样的自信
却没能叫我的梦想之花成功开放
只有站在安静的风里
我才隐约听到幸福歌唱的声音

明天犹是一个诱人的果实
等着我面带微笑去采摘
看吧　泪水流成的那首小诗哦
是我写给青春的保证书

我们都是有梦的孩子

我们都是有梦的孩子
我们的梦
是青春的一部分
太阳每当在山那边放出第一道金光后
她温暖的手
总不忘给我们生命的记事本
打开新的一页
于是我们小心地将往事装进行囊
继续在人生征途上
匆匆赶路

我们都是有梦的孩子

怀揣着一张皱巴巴的地图

从过去走到现在

还将从故乡赶赴他乡

当我们的梦开成了一朵朵娇艳的花

那就是我们给世界的第一句留言

我们试图破译风的手语

我们用心聆听光的语言

我们从泪的路标中发现了坚定的信念——

未来并不遥远

我们都是有梦的孩子

我们在梦里写诗

我们把梦写成诗

我们用多愁善感的文字安慰我们多愁善感的心

因为幸福在向我们招手

我们也在蓝天下

在风雨中奔跑

坚持趁我们还年轻

即使痛也快乐着

我们都是有梦的孩子

怀念母亲的针线

（外二首）

楼秋燕

曾经

每在夜幕降临之时

便能看到母亲的这幅画面

她的手指在针线间穿梭

四十瓦的灯泡足以照亮她的整颗心坎

何况这小小的针孔

温暖的黄色光晕尽是幸福的蔓延

我侧身倚在床沿

醉在母亲的画里

她微抿的唇片难掩她此刻的喜颜

曾经

这画面触眼即见

而今
而今几是怀念
我离她越来越远，越来越远
远到必须借着大巴借着火车才能相见
从山村到小镇再到城市
从懵懂到叛逆再到独立
一寸寸地挣出了她的针孔
随即被缝在世界的其他角落
我离她越来越远，越来越远
然而
远去的是背影，是年岁
而这一切与亲情终是无关的

土地的儿子

像村里某亩不曾荒芜的土地上
野长出来的某棵小草一样
我的父亲就是某年降生在这个村庄的某个婴孩
祖父母说他是他们辛勤耕耘的土地赠予的奖励
我的父亲是他们的孩子
更是土地的儿子
他的身上散发着清新的泥草味
这属于村庄来自于土地的体香
我深深地迷恋，深深地陶醉

宽容的同伴：

原谅我这与生俱来的嗜好

如此不由自主

假若我不小心因此疏远你

假若你理解父亲的血脉

假若我们彼此懂得

那么你也可以理解我的这一行为

理解我会沾了一掬泥草味捎往我上学的城市

并且小心珍藏着，在我内心最深处

那么你更可以理解我身上的这层浓浓的

驱之不去的

乡土味，有着青草的涩味，菜根的烂味，咸菜的酸味

老人的烟草味，大人的酒糟味，小孩的乳臭味

越来越狭隘的爱

假若我终究无所成就

只愿能有一个幸福的家

即使家徒四壁

一样柴米油盐酱醋茶着

可以尽享亲情

那满满一生的爱恋

甚至可以是挥霍

365天的平淡也倍感甜蜜

爱着你的臂膀

并不索求什么

一如既往承受我所有的悲欢，不离不弃

我们都有着执着的追求

不因老去，不因流言，不因灾难

任什么都不能摧毁

我没有闪耀的荣誉，没有令人垂涎的地位

没有数目可观的钱财

我只有一个我，一个最亲爱的自己

我把这样一个一无所有的自己都捧给我们的家

我的爱很狭隘

只在咫尺，再也延展不出

那么，你愿意收下我吗

假如我有一双翅膀

马梦瑶

假如我有一双翅膀
我便要去飞翔
飞到我想去的地方

我要飞到北京
看五星红旗升起伴着朝阳
我要飞到西藏
看雪域高原和那可爱的藏羚羊
我要飞进森林
听鸟儿欢快地歌唱
我要飞向大海
吹着海风、躺在软软的沙滩上

假如我有一双翅膀
我便要去飞翔

飞到我留念的地方

我要飞回老家
看看爷爷奶奶和那童年的瓦房
我要飞回母校
趴在窗下听教室里书声琅琅
我还要寻找儿时的伙伴
挥着翅膀和他们一起捉迷藏

假如我有一双翅膀
我便要去飞翔
飞到所有能走去的地方
飞向我的梦想

虽然我不能像天使一样
拥有一双真正的翅膀
那么，就让我手中的这支笔
化作一双翅膀
带我去飞翔
飞向我的梦想

水乡的梦

吴群冠

好久好久没有听到
那个关于水乡的故事
我用水乡的方言诉说思念
只留下别人惊愕的错觉

水乡的方言
没有人能懂
我的思念
用一种陌生的方式抒情
如果你静听
你会听到流水的声音

在深夜　一个梦　落入水中
被远处飘来的乌篷
打捞起

一个关于江南水乡的梦
从我的眼睑中湿湿的溜走

一尾思念的鱼
从水乡游进我湿湿的梦
在我的眼角
吻走了那关于水乡的梦

风推开门

（组诗）

若 非

有一天

有一天，我要养很多的羊

走在草原上，我要像一只羊一样的悠闲自得

在羊群中，我不分羊和人

走着走着，我就成为它们中欢快的一只

有一天，我会栽很多树

站在天空下，我要努力学习大树的姿态

在丛林里，我不管人和树

站着站着，我就会成为丛林中安静沉默的一棵

有一天，我走在人海里

一会儿是人，一会儿是风，一会儿又是

路边的一块石头

有一天，我成为万万千千个我

也成为万万千千个你

有一天，我会成为你们的幸福

也会成为我自己的幸福

自白书

像叙述古老的村庄一样，叙述

为自己

像埋葬陈年旧事一样，埋葬

老时光

春天，我走在董家堰汕头的某片树林

恍然想起

曾经我也有这么一篇

它们，此时此刻

是荒芜，还是茂盛呢

风推开门

风推开门，门外空无人影，阳台

还是昨天的阳台
阳光却有些许不同
风推开门，门内沉寂无声
坐在窗前的我，选择沉默，写诗
选择安坐、发呆，或者低吟
风推开门，我是昨日的我
心，却不自觉地颤抖了一下

夏日的格调

天空在下雨之前阴沉着脸，走过
花溪大道的午后
我们逃避雨水
寻找可以安放身体的角落，或者
202路公交车的身影。如果可以
去路畔的小屋坐坐

鸟在树上叫，一些孩子
很像我们的孩子
在学校宿舍对面的小山上
寻找我前几天结识的麻雀的一家五口
在暴雨来临之前，我穿越铁轨
给麻雀的三个孩子
盖上一张塑料纸

回去，我们循着盘山公路
忘掉汽车与尾气，想念农村
及炊烟
夏日，在这个城市边缘的山头
像步履轻盈的女子
安静地陪我们，向前走
不回头

某日早晨

早晨醒来，有两三颗露珠
在风中跌落我的眼帘
宿舍与外界之隔的玻璃，好像
不存在了
所有绿色的字眼，都被用来
形容着忽然遇见的美景
听见鸟鸣，在不远处
像浅唱低吟的路人
时远时近，此时此刻
我昨晚关于春天的一个梦
才算真正苏醒

第四部分

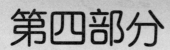

曾经的神，现在收起了光环与翅膀变成了人。儿时的片面认识，却留下了一个永不泯灭的高大形象，可现在的我只需那印象就足够了。父亲虽然走下了我仰望的神坛，却更真实、更亲切，不管他怎样变化，都将永远是我最坚强的后盾。我仍须他的搀扶，尽管我已经在慢慢地脱离那双手，但我也会用自己的双手去呵护那颗为我而炽热的心。

——魏韬浓《重读父亲》

橘子红了

肖　何

爷爷酷爱盆景，这株橘树是他栽的。

扭曲的枝条是修剪所致，也许是为了增加观赏性。至于橘子，只是在指节粗细的枝条上挂了两个月，便被秋风扫落了。小橘树连一个橘子也结不了，甚是可怜。

爷爷曾对我说过：这株橘树与我同龄，十多个春秋，橘树由小盆移到大盆。每次移栽，它都会枯萎一段时间，不过有爷爷的精心照料，它仍然存活了下来。如此几次，橘树的主干从拇指粗长到了鸡蛋粗，可根依然盘在盆中，于是枝条不见发达，枝叶不见茂盛。

十多个春秋里，我每日放学回家便要看看橘树。幼小时便日日祈盼着有一天能吃到橘树上的橘子，然而每每看到的都是那干瘪的落果，失望之余，伤心便涌上来。其实那时的我还不懂悲悯、伤心的味道。

每到入夏，爷爷便剪去那些新冒的枝条。到第二年春，橘树又冒出一些枝来。十多个年头橘树似乎不见长大，不过枝干粗了，而我的个子却长得已俯视树冠了。我看到它的枝条由中心向四周发

散，却不怎么舒展。

　　我渐渐地长大了，而橘树也渐渐地长粗了，我多次听到外面的人充满诱惑的叫喊声："卖红橘子啰！又红又甜的橘子啰！"但是，我永远只是跑到家门前看一看，因为我家也有橘树，橘子也会长出来的。

　　我多次跟爷爷讲，想把橘树移到大地里。开始，爷爷始终不同意，但最后爷爷疼爱孙子，还是答应了。为了尝到这棵橘树长的橘子，我只好把爷爷心爱的花盆打碎，把橘树连着土一起埋进我挖好的坑里。刚开始，我真担心这棵橘树不能存活，可它却坚强地活了下来。

　　又是一个秋天，我来到院子里，看见橘树上挂着两三个橘子。我真为这三个橘子担忧。果然，它们又被秋风吹落下来。我感到非常难过，为什么秋风要把它们吹落呢？三五年过去了，又是丰收的季节。再去瞧瞧那橘树，树上居然挂了不少橘子，我看到黄色的橘皮里渗着红色，我小心地摘下一个来，剥开，掰一瓣放在嘴里，甜甜的、涩涩的。我高兴极了，因为我实现了我的梦。

　　橘子红了，它历经磨难，饱尝风雨，终于成熟了、丰收了；它执着、坚强，对生命充满了热爱。看着它，我总会涌起一股莫名的感动，是它激励我越过了生命中一个又一个坎坷、挫折，什么时候，我生命的橘子能够红呢？

老爸的"自力更生"

区 琳

老妈最近出游，不在家里，所以厨房空无一人，这下可苦了我伟大的老爸。眼看着肚子一天天瘪了下去，老爸决定"自力更生"。

老爸这个人怕寂寞，所以就把他正在和周公下棋的女儿狠狠地拉了起来，"太阳晒到屁股了！"老爸"笑里藏刀"。"爸，现在刚放暑假，就让我再睡一会儿，就一会儿。"我正要躺下，老爸又把我拉了起来，"不起床我们中午就要饿肚子啦！"

说罢，一把把我推进了魔鬼窟——厨房。"洗菜。"老爸把青菜往我面前一扔，正当我迷迷糊糊之际，"顺便把锅也洗一下。"啊，怎么又洗菜又洗锅，我不成了个全职打杂的吗？而老爸呢，早跑去看贝克汉姆了。"那位穿着麦兜围裙的男士，你的女儿正在厨房等待着你大显身手呢。"老爸这才回过神来，忙说："对，还要用双手创建美好未来。"

"哧"的一声，蓝色的火苗突然蹿了上来，舔着锅底。各位请注意，我们的区大厨师现在就要出场了。只见他拿起油瓶就往下一倒，本来油就不多的油瓶，这会儿就见了底。"爸，这么多油，恐怕……"我不住地往锅里望。"高手自有分寸。""嘿，你还挺跩的

嘛!"我不爽地回答道。他大步跨到我的面前,把洗好的青菜往锅里一扔,挺着将军肚,一只手拿着锅铲,一只手却用来转抹布,"哈哈,女儿,高手做饭,韵味无穷。""爸,小心菜炒煳了。"看着老爸三心二意,我的心也吊了起来,"老爸,吃干饭还是吃稀粥就看你的了。""嘿嘿,我告诉你,你老爸三岁会做饭,四岁会炒菜,五岁会煲汤,被称为'天才小厨神'。"老爸一副绝对OK的样子。老爸往麦兜围裙上一拍,说:"女儿,眼睛千万不要眨。看好啦!覆手翻天。"他紧紧地抓住锅,往上翻了翻,火苗几乎是跟着他的锅底一块儿转。回到煤气灶上的时候,锅里的菜安然无恙,我不禁暗暗叫绝。"帅不帅?"老爸啧啧嘴,"给点掌声,OK?""帅!"我鼓鼓掌,"一定是色香味俱全。""请看我们区家伟大厨神第二道让你口水直流三千尺的蒜蓉排骨。"这一定是老爸的私房菜,平时我和老妈不在家时,老爸就一个人独占"魔鬼窟"自力更生。老爸一只手神秘地拿出蒜头,另一只手执起"屠龙刀","看我快刀斩乱蒜。"看着刀接触到砧板的运动频率一直保持在一定的速度之内,粒粒蒜头如此均匀,我有点叹为观止。"老爸,收我做徒弟吧。"老爸似乎越发的神气,看着锅里的油幸福地跳着华尔兹,老爸马上往锅里放下蒜蓉和排骨,"看我降龙十八炒。"这句对白似曾相识,但我的"O"型嘴似乎难以合闭,"老爸真是当之无愧的厨神。""这是地球人都知道的。"香味很快就扑鼻而来,说时迟,那时快,老爸"哗啦哗啦"地把酒和酱油调好,就像天女散花一样洒在排骨上。我迫不及待地摆好了筷子和嘴巴,准备以最快的速度去迎接美妙的午餐。"菜来了!"老爸左摇右摆地端着盘子,走进饭厅。我急忙接过盘子,"哇,老爸,有一手,以后我们家的一日三餐就靠你了!""那还用说吗?"

看着秀色可餐的美味佳肴,我飞奔进厨房,本想盛一大碗饭,但是,当我揭开电饭煲盖那一刹那,"老爸,饭怎么还没有煮熟呢?""哎呀,"老爸一拍麦兜围裙,"我忘记插插头了!"

至爱亲人

曲晓莹

我是一个胆小的人。

小时候，每当夜晚来临，家家户户都要关好大门。而每次母亲亮起院中的灯，让我去关大门时，害怕的我，总会紧张地去，慌忙地回。不知为什么，我总以为背后有什么在追我。见我魂不守舍的样子，父亲总要无奈地说："真是个胆小鬼！"

听了父亲的评价，我每次都会对他狠狠地瞪几眼，以示我心中的不满。

如今，我迈入了中学门槛！陌生学校的新鲜生活，着实让我高兴了几天。然而，令我头痛的事也随之来了。每天三顿饭在学校吃，我倒是省了劲，可晚自习后的回家，让我感到手足无措。尽管，现在的我较之以前，个子是长高了，可遗憾的是胆量却未变大。每次与邻街的同学分手后，在夜晚中，我还要独自走一段路，方能到家。而每次到家，我都是气喘吁吁，因为每次独行，我都是越走越快，只是盼着街上偶尔能有一两个行人。回到家的第一句话，也往往都是那句："天啊，可真让人害怕！"在家等我归来的母亲，看我如此害怕，总会心疼地安慰我一番。有时还会冲在家的父亲嚷上句："以后你去接接孩子，免得让她天天这样心惊肉跳的。"而一旁的父亲，却不以为然，会淡淡地丢出一句："这么大姑娘了，让她锻炼锻炼！"觉得不过瘾时，父亲还会瞅我几眼，拍拍我的肩，扔下句："别怕！世上哪有什么妖魔鬼怪，都是你自己吓自己。"

从此，我开始有些怨恨父亲，对他感到不可思议：对自己的女儿竟如此冷漠！当然，我更不会对他抱有什么希望。尽管，我曾经是那样地渴望他能来接我。

秋收之后，随着天气的转冷，冷清的大街上，行人已是越来越少。晚上我回家时，街上似乎因为天冷，已难以再看到有什么行人。愈加胆怯的我，在一个星光惨淡的夜晚，与被家长接走了的同学分手后，壮着胆子往前奔。为了增加胆量，我还摸黑悄悄地从路边的树上，折了根枝条，紧紧地攥着。忽然，冷风一吹，让我凉到了内心。沙沙的响声，让我莫名地紧张。在夜风中，我似乎感受到了，要有《聊斋》中的什么特殊人物来临了，脚步不禁愈走愈快。虽然，心里在一味地用父亲的那句话安慰着自己：世上没什么妖魔，别自己吓自己。可还是赶不走脑海中那一幅幅骇人的画面。没办法，谁让自己平时看了《聊斋》。这时，真是后悔莫及。渐渐地，我已由走变成了小跑，此时心里更加怨恨起狠心的父亲。如果有他来，那该有多好。

正在自己惊慌失措之际，突然有束亮光从身后照来，我紧张的内心不由稍微放松了些。终于有个人和我同行了，哪怕他仅仅是个过路者。奇怪的是，他的速度有些不紧不慢，不像是骑车的。那光该是手电筒的光。我满腹的疑惑：冷冷的夜晚，竟还会有和我一样的人。不管他是谁，起码，我不再像刚才那样想象丰富，令自己不知所措了。

真好，我终于到家了。在门口，我的胆子终于变大了些。回头看看，那束光，仍在身后的大街上亮着，看来他离家还远呢！我为自己到了家暗自庆幸着。

　　进门后，我一反常态，高兴地对母亲报告着我的幸运。母亲知道后，无所谓地说："路上有个行人，有什么大惊小怪的。"见父亲没在，我又加了一句："看，老爸还在外面疯玩呢。他不接我，我也没被吓死。"妈妈听后，只是笑道："你这疯丫头，还不快去睡觉？"

　　说来也怪，我也有些时来运转了。接下来的日子，虽然天气越来越冷，甚至不时地飘起几朵小雪花，可冷清的大街上，毕竟还时常能有个行人拿个电筒，和我同赶夜路，让我渐渐地少了一丝恐惧。慢慢地，我竟变得有些胆大了。

　　不知不觉间，已是深冬。一天骤降大雪，可能学校考虑到了我们回家路滑，竟下令取消了这天的晚自习。在同学们的欢呼中，我们早早地踏上了回家的路。一路欢歌笑语，与同伴分手后，我还是满心的快乐。因为，现在离天黑还早着呢！

　　到家了！没想到，这次回家的路似乎变得格外的短了。见大门敞开着，我决定给母亲一个惊喜。于是，悄悄地溜进院中。院中没人。看来在屋里呢，我猜想着，准备进屋。"今天下雪，不知孩子能不能早点放学，过会儿你别接晚了！"接孩子？我好生纳闷：今天太阳从西边出来了，要去接我？"哪次接晚过？忙完农活后，我哪次不都是早早地去路口等她放学，偷偷地送她回来？你干吗非嚷得让孩子知道了？"父亲在反驳着母亲。"真是的，孩子又没在家，我只是提醒一下你，还能耽误你锻炼孩子？"母亲在唠叨着。不会吧，我不由大感意外：父亲竟在暗中接我？让人难以置信：夜晚中，伴我同行的，竟是我一直怨恨着的父亲！

　　面对眼前的父亲，我已不知如何去表达我内心的感受！此时，只能提起笔，用笨拙的手，来记下父亲带给我的那份感动！我知道，这份感动将会伴随我一生，让我铭记一生！

有一种爱叫做分手

刘建华

"有一种爱叫做放手，为爱放弃天长地久，我们相守若让你拥有所有，让真爱带我走。有一种爱叫做放手，为爱结束天长地久，我的离去若让你拥有所有，让真爱带我走，说分手。"

时间：1976年7月28日3时42分地点：河北唐山

夜，好静呀！风不啸，蝉不鸣，蚊不飞，空气也凝固了。

一个温馨的三口之家正在熟睡中。忽然，他们的床被谁摇动了一下，丈夫和妻子同时惊醒，"来贼了吗？"夫妻二人还没等交流，又一次的震动接踵而至，这一次，不仅仅是床，家具、物品、整个房间都在抖动。

"地震了！"丈夫脱口而出，"快跑！"妻子如梦初醒，抱起儿子就向外冲。丈夫抢先一步，去开卧室的门，剧烈的晃动，将已打开房门的丈夫摔倒在地。妻子抱着孩子，身体的惯性，地震的摇动，把这个求生的母亲也摔倒在了卧室的门外——客厅里。与此同时，婴儿的啼哭声，物品的碎落声，墙壁的坍塌声，一时齐发，天崩地裂。

"他爸，孩子他爸……"惊魂未定的母亲怀抱孩子，窝在废墟下的墙角，急切的叫喊着，可毫无回响。几十秒过去了，婴儿撕心裂肺的哭喊使周围又一次进入死一般的沉寂。

母亲在狭小的空间里调整了一下自己的身体：一手护住孩子，另一肘撑地，上身微微抬起，这是她唯一能做的运动。黑暗中，她意识到紧挨自己身体的上方是坍落的房顶，然后，她摸索着把奶头塞到孩子的嘴里，慢慢的，孩子又找到了那份熟悉的温暖，不吵不闹了。

一天，两天……四天过去了，水米未进的母亲早已乳汁枯竭，在她生命的最后时刻，她做出了一个毅然决然的决定……

震后第六天，救援队伍凭借孩子的哭声，发现了这对废墟下的母子。母亲肤色苍白，毫无血色，早已停止了呼吸，孩子居然毫发无损。正当人们吃惊孩子震后余生的原因时，他们不约而同地发现，母亲的右手中指是放在孩子口中的。救援者想拿开母亲的手臂，抱出孩子，就在移动母亲手臂的刹那，人们看到了母亲右手中指的指尖无肉，几乎露骨。

原来，母亲咬破自己的中指，用血液，维系了儿子的生命，血液，成了母亲和儿子生命接力的交接棒。

时间：2008年5月12日14时28分　地点：四川汶川

这是一个普通的不能再普通的午后，岁月的双手在键盘上依旧舞动着时间的旋律：学校里，书声琅琅；田地里，劳作繁忙；单位里，各就其位……

一位年近花甲的老人，怀抱着外孙，正在距女儿家不远的农贸市场里遛外孙子。女儿女婿都外出办事去了，她又一次走上了护花使者的工作岗位。

天干气燥的午后并没有激起人们的购买欲，市场里顾客寥落。突然，地板一阵抖动，继而，这种抖动越来越厉害，货架上的商品开始纷纷的跌落，市场里人们慌然不知所措，老人惊奇之余断定：这是地震！她本能地抱紧外孙，向外面跑去，怎奈，剧烈的震动让老人步履维艰，眼见房顶塌落，命悬一线。千钧一发之际老人果断的做出决定：外孙必须活下来，他刚跑出人生的起点，今后的路还很长。想到此，老人收住脚步，用出全身的气力，把怀中的爱孙向外面抛了出去，随后，老人便倒在了血泊之中，钢筋水泥，石头砖块的废墟以8.0级的震级宣告了这场战斗的胜利。

救援的队伍在外面的大街上发现了孩子，他安然无恙。

后记　大灾面前，生命之如此脆弱，生与死的机缘只在瞬间措置。但总有这样的人，他们从不向灾难低头，"蒸不熟，煮不烂，炒不爆，砸不扁"，大灾之下，反显大爱，甚至不惜用放弃自己生命的方式，把爱的射线无限延伸下去。他们对灾难说：我是你的敌手！对真爱说：我跟你走！对生命说：我与你分手！对人类说：我们一定恒久！

父爱深深

蔡婧婧

六月天，孩儿脸，说变就变。一阵响雷过后，乌云就涌到头顶，瞬息便下起了瓢泼大雨。临近放晚学时，家长们纷纷来校接孩子回家，校门口，摩托车、小轿车一辆接一辆，把路都堵塞了。

我希望爸爸不要来接我。向窗外几次张望，没看到他的身影，我的心反倒舒坦起来。这节课，我压根儿就没有心情去学习。

"丁零零……"下课铃响了，我赶紧收拾好书包走出教室。外面雨好大，我站在走廊里扫视一下校门口，看雨点比刚才小了些，就决定冲回家，要体验一下雨中豪情，想到这些，我高兴地挪了一下书包，冲了出去。正在这时，一个熟悉的声音突然从我身后传来："婧婧，等一等！"回头一看，爸爸推着那辆锈迹斑斑的自行车，打着一把已经有了洞的布伞正站在雨幕中。"婧婧，我刚下班，来迟了。"说着，他把伞撑到我的头上，从兜里拿出毛巾要我擦脸上的雨水。

我很窘，但不好发作，只是生气地想：你来干什么呢？我又不惧怕身上淋一回。看着同学们一个个坐进轿车，坐上摩托车，一辆

又一辆从我身边驶过，看看我的老爸，满身土气，还有那辆破旧的自行车，我脸上火辣辣的，似乎感觉到，轿车里的同学正在用一种异样的目光看着我。

我不肯坐爸爸的自行车，也不与爸爸说一句话，两人沉默地站在雨中，仿佛我们不是父女俩。还是爸爸开了口："婧婧，我忘了，厂里还要我去一下。"边说他边塞给我一张折叠好了的拾元纸币，"你自己打的回去，爸爸先走了。"

我知道爸爸了解我的心思，他故意找个借口要走开，免得我在同学面前难堪。

看着手中的拾元钱，我的眼睛湿润了。早晨离家上学的时候，我向爸爸要了资料费，他如数给了我，袋里只剩下这张拾元钱了，现在，他却要用它来满足一个不懂事的女儿的虚荣心。

我赶紧上前拉住爸爸，含着眼泪说："爸爸，我们一起回家吧！"

我真想得到"自由"

赵 艳

小时候，"自由之声"伴随着我，让我度过了美好的童年。

自从上了初中以后，爸爸、妈妈、爷爷三座大山压得我简直喘不过气来，我整日埋在题海之中，只有唉声叹气的份。

面对着许多作业和要背的书，我不禁想入非非。"对，我要来一次'自由行动'！"我暗暗想。说干就干，我慢慢站起身，轻轻地离开"老虎凳"，向四处张望了一下。"小丽，是不是又想吃东西了？"听到爸爸"关爱"的声音，我急忙缩回头，心里像揣了兔子似的，忐忑不安，跑到位置上，拿起书一本正经地读起来。爸爸跨着大步，拿来一袋蛋糕给我吃，还叮嘱我一定要认真学习。

过了片刻，我又不安分起来，凳子上像有钉子一样，屁股东扭扭西歪歪，"第二次行动"计划已经准备好了。像刚才一样门外寂静无声，没有发现任何动静，于是我又慢慢抬起脚，终于成功了，没人发现我。我忍不住内心的激动，兴奋得像吃了兴奋剂，闪电般冲向门外。"站住，你要去哪里？"爸爸的一声吼像一把锤子把我牢牢钉在那里。不知什么时候，妈妈、爷爷都冒出来了，就像是早

有预谋似的，正想把我逮个正着。爸爸说："我就知道你不老实，总想出去玩。你已经是初一的学生了，应该刻苦学习，不要只完成老师布置的作业，还要拓展练习，不然学习会跟不上。"接着我便在妈妈的唠叨、爷爷的劝告下，回到我那"牢房"，重新开始了我的打坐。因为只有这样，才能进入重点高中，才能满足爸爸的心愿，才能做妈妈的好女儿、爷爷的好孙女。

望着窗外自由飞翔的鸟儿，我知道它们不会有什么烦恼，因为它们的叫声充满了欢乐。哎，我多想得到"自由"，哪怕只是学习闲暇时的一点点"自由"。

我盼望那一天

蒋友志

我盼望的那一天，是能和爸爸、妈妈一起坐在饭桌前吃饭，一起坐在电视机前看电视，一起出去购物。

在我很小的时候，爸爸、妈妈就去上海打工了。那时候，他们把我丢下来和奶奶住在一起。奶奶很疼爱我，总是把最好的留给我，自己却舍不得用好的，吃好的，为此，我很感激奶奶对我的养育之恩。

但是尽管这样，我还是觉得自己比别人缺少点什么。

记得很小的时候，每当我看见别的小孩和父母亲手牵手一起逛街、游玩时，我心里就觉得自己比别人缺少一些东西，或许是快乐，或许是关怀，或许是……随着年龄的增长，我从心底里觉得我缺少的东西更多了。每次考试失败后，没人来安慰我、鼓励我；我的成绩有进步了，没人和我一起分享成功的喜悦。每次开家长会，别的家长都坐在自己孩子的座位上，了解孩子的学习情况，谈些教育方面的话题。而我的座位空荡荡的，别人说我父母对我不关心，让我感到很自卑。

虽说现在有了电话，可以在电话中和父母聊天，但是我觉得父母电话中的几句关心，并不能减少我对他们的思念。

爸爸妈妈你们快回来吧，我多么盼望你们天天和我在一起，我们一家享受天伦之乐呀！

重读父亲

魏韬浓

父亲就像一本大书，每一次阅读，都会有温故知新的感觉。

从小到大，父亲是对我影响最大的人，在我心目中他的地位甚至胜过母亲，每次他俩有争执时，我都会界线分明地帮助父亲。我认为他是所有父亲中最帅、最体贴、最聪明的……他简直就像一个神，在凡人中是那样突出。但随着时间的推移，我变化了，父亲也随之变化了。

父亲变矮了。小时候的我，每次都要顺着他的腿在他的牵引下淘气地爬到他怀里，总会有一种登到山顶的感觉，气喘吁吁地看着脚下，似乎地上的一切都变小了；而现在，我的双脚即使是踩在坚实的大地上，也能扑到他的怀里，不再气喘吁吁，有时还会被那果冻似的大肚子拱一下，所以也曾想过，父亲的营养一定是被那肚子给错误地吸收了。

父亲不再"聪明"。那天晚上，我悠闲地坐在床上喝酸奶，"修复"着那刚被数学题烧断的几根"大脑保险丝"，像往常一样等待我的数学家父亲来讲解。屋内的光线柔和，我望着他坐在椅子上的背影，感觉周围朦胧起来："爸爸，我不行了，这道题太难了！"那是我儿时稚嫩的声音，"我看看…你瞧，这题有一个突破口，只要顺着它抽丝剥茧，答案自然会浮出水面，我来给你讲讲……"那时的父亲多聪明啊，我要冥思苦想那么长时间也解决不了的题，它只需几秒就搞定了。收回思绪，再看看眼前的他……咦，他何时翻起了我的数学书？！哎，他不行了，现在背对着我的那个聪明人想必一定皱着眉头狂啃书本呢。真是，头上都已长了一撮白发，倒像个苦读的学生了。也罢，我还是自己解决吧！

曾经的神，现在收起了光环与翅膀变成了人。儿时的片面认识，却留下了一个永不泯灭的高大形象，可现在的我只需那印象就足够了。父亲虽然走下了我仰望的神坛，却更真实、更亲切，不管他怎样变化，都将永远是我最坚强的后盾。我仍需他的搀扶，尽管我已经在慢慢地脱离那双手，但我也会用自己的双手去呵护那颗为我而炽热的心。

父亲曾说过：人生就像一本书，内容是否丰富，情节是否精彩，结局是否圆满，都要靠自己亲手创造；而在我看来，父亲就是一本精致的大书，虽然这本书我还没有完全理解，却已从里面收获到了无数的爱与责任。

妈妈我想

曹珏莹

妈妈我想对你说，你一定不是世界上最细心的妈妈。

上次你给我买回一箱牛奶，我在箱子里发现了一张刮刮卡。我把它的虚线撕下来，把有积分的一张和没有积分的一张都放在桌子上。我对你说："妈，别把它丢了，以后我有用的！"你正在玩游戏，听到我说也就答应了。可一个月后，那张卡确实还在桌子上，不过是没有积分的一张。我问你说："我的那张卡？"你说在桌子上，我忽然明白了。"妈，这张是没有积分的！""啊！"你有些惊讶，然后小声说："我看两张差不多的，才……"

我的妈妈一定是最粗心的妈妈。

妈妈我想对你说，你一定不是世界上最温柔的妈妈。

有一回我生病了，你请了半天的假来陪我去医院，医生开的药好苦。到了下午你要去上班了，千叮咛万嘱咐我一定要记得吃药，在途中你还曾打了个电话提醒我。回来后你发现我没有吃，便三下五除二地倒了杯水把药塞到我的嘴里，让我硬吞了下去。直到现在我都能回想到当时的苦味。

我的妈妈一定是最粗鲁的妈妈。

妈妈我想对你说，你一定不是世界上最聪明的妈妈。

上个星期你给我做了道红烧鱼，我尝了尝告诉你味道咸了。你说："好好好，明天给你加点糖，先吃着吧！"到了第二天，你炒了盘茄子，又做了道红烧鱼。我吃了口茄子，对你说甜了；又吃了口鱼，天啊！比昨天的还要咸。我告诉你后，你居然用不信任的口气对我说："不会吧，我加了糖啊。"然后自己吃了一口说："真的很咸！"我一下子就明白了，你肯定是在茄子里加了很多糖，而又在鱼里加了许多盐！

我的妈妈一定是最笨的妈妈。

但是，你用你的粗心给了我细心；你用你的粗鲁给了我温柔；你用你的笨给了我智慧……

你用你的一切，缺点也好优点也罢，来爱我。你从不吝啬你对我的爱，你没有温柔，不细心更不聪明，但是，我亲爱的妈妈，你一定是世界上最爱我的人。

你总对我说："不论什么时候，妈妈都会保护你！"而今天，我也要大声地告诉你："妈妈，我爱你！"

爸爸的鞋子

马 越

记不得是哪一天了。一家人坐在客厅里闲谈，无意中谈到了脚，然后大家伸出脚，比较了一番。

妈妈的脚显宽，我的脚白嫩，爸爸的脚呢——那是一双好大的脚，在又宽又厚的脚面上，一条条粗粗的青筋在一层厚皮下若隐若现，脚板还起了许多的膙子。记得我小的时候，还曾骑在这双大脚上，晃啊晃的，当秋千摇。

爸爸有一双大脚，所以爸爸的鞋子也好大。

拖鞋不穿到开胶为止，爸爸是不会买新鞋的。

小的时候玩儿过家家，隔壁的哥哥穿的是爸爸的大皮鞋，姐姐穿的是妈妈的高跟鞋。我找不到妈妈的高跟鞋，只好穿着爸爸的大拖鞋。鞋太大，脚太小，我一走，整只脚都从鞋里出来了，爸爸的拖鞋可真成了"拖鞋"——走起路来拖拖拉拉的鞋子。

等我长大一些时，看到爸爸穿的还只是那几双鞋子。

爸爸的一双鞋可以穿好久，直到坏了还舍不得丢掉。爸爸说，不能浪费一分一厘，一双坏鞋也有它的价值。

爸爸说，他小的时候，如果有一双好鞋，他会把它保存好，从不乱穿，直到过年时才拿出来穿。爸爸还感慨地对我说："你们这一代真是太幸福了，每年都有新鞋子穿，而且款式多样。你的新鞋旧鞋多得都可以开鞋店了！"

爸爸说他的脚自由惯了，穿上皮鞋反而更难受，所以爸爸把他不穿的鞋包好了，放起来。即使是家里的小狗也不敢乱咬爸爸的鞋子。

记得有一次学校开家长会，虚荣心作祟的我，把爸爸的皮鞋擦得好亮，还央求爸爸，无论如何都要穿着皮鞋去。

那天，爸爸的皮鞋好亮好亮，本来我应该很高兴的。可是，看到爸爸那件简陋的外套和肥大的裤子，心里既悔又恨。悔的是自己不应该把鞋子擦得那么亮，这样一来更显出裤子和外套的不和谐；恨的是不该让爸爸来。

后来我在和妈妈的聊天中知道，那一天，爸爸的脚上磨起了个大水泡。

我悔极了！

长大了，我要买许多舒适的鞋子给爸爸穿。

第五部分

我们发现对方

　　这里，天空也许不辽阔，大地也许不广袤，我们只有这么一小块世界。可这一小块世界，是我们共同亲手营造出来的。这里有温和的阳光，有风中轻柔地弥漫着的皂荚香，有一张张无邪的笑脸和一阵阵稚嫩的歌声，有嬉戏有打闹有欢笑，有希冀有感动有祝福，有你，有我，有所有爱我们的和我们爱的人。我们各自坐在某个被阳光恩泽的角落里，带着一丝熟识的微笑，用文森特的蓝色鸢尾来装饰着我们的梦。

　　——苏笑嫣《在某个寂静的午后，我们发现对方》

在某个寂静的午后，我们发现对方

苏笑嫣

这里，天空也许不辽阔，大地也许不广袤，我们只有这么一小块世界。可这一小块世界，是我们共同亲手营造出来的。这里有温和的阳光，有风中轻柔地弥漫着的皂荚香，有一张张无邪的笑脸和一阵阵稚嫩的歌声，有嬉戏有打闹有欢笑，有希冀有感动有祝福，有你，有我，有所有爱我们的和我们爱的人。我们各自坐在某个被阳光恩泽的角落里，带着一丝熟识的微笑，用文森特的蓝色鸢尾来装饰着我们的梦。

龟 哥

龟哥的名字可不是白来的。

军训第一天，同学们大包小包地在学校集合，遇见老同学的熟悉地聚在一起闲聊，没有熟人的独自和行李站在一起，又或是向陌生的同学羞涩地笑笑算是打了个招呼。一个假期沉睡过去的心在遇到同龄人后，便不觉中苏醒了过来，大家一起聊天和东张西望。

龟哥就是在这个时候闯入大家的视线的，他的行李中包括一只脸盆，这倒没什么特别的，因为大家每个人都带了一只。但我看了看自己和同学们拎着抱着的或装在塑料袋里或放在网子里的脸盆，又看了看他的那只，还是忍不住和同学们一起笑得前仰后合。

龟哥把脸盆背在了背上。绿色的。

于是龟哥便是龟哥了。

龟哥的眼睛很符合勾股定理，眼角很小，向眼睑处便愈加大了起来，两个小三角在一只瘪塌塌的鼻子两旁，这便是龟哥形象的特点了。有时候想，如果把龟哥画成一个Q版的漫画人物，应该还是很有效果的吧。

课堂上龟哥从来不记笔记。"怎么不抄笔记？"老师问。"记在脑子里了。"——这是龟哥的经典回答。继而，"我是天才"便成了龟哥的代表性口头禅。"天才的脑子比电脑还好使吧？"老师斜眼笑着问。

"那是当然。"

接着便是考试后龟哥的愁眉苦脸和老师在一旁坏笑着的问话："天才的脑子考试的时候又怎么了，短路了还是乱码了？"于是哄堂大笑。龟哥倒也不在意："这就是意外故障，纯属意外。"于是又一次哄堂大笑。

据说在开学以来龟哥已经拉出了N多个保证书，即使是在正餐的长桌上翻出来，那个长度也绝对比长桌加地毯的长度还要长出许多。话是夸张了些，可要说明的的确也突出了出来。龟哥一旦又"触怒了师颜"，老师便提及他的第几款保证书，起先几次龟哥还唯唯诺诺地点头应着，可后来便用一句"此一时彼一时"搪塞掉了，于是"签立保证书制"便被老师废除了。最强有力的威胁就是——报告家长。也因为这个，龟哥也是终于可以安静那么一会儿了。

康康兔

龟哥的话贫与此女相比可就是小巫见大巫了，高一三班流行着这样一句话："你可以引出老师要考试的想法，但绝对不能引起康康兔说话的欲望。"可见此女连绵不绝的说话的威慑力了。但这句话也不全然正确，因为康康兔要说话的欲望实在不是等谁去引起的，而是她几乎无时无刻不在说话。所以，一旦当她安静下来的时候，还真是要小心不要带动起她说话的欲望呢。

"你是三班的另类。"当物理老师看着她说出这句话的时候，我也不禁顺着老师的目光又把她从头到脚重新看了一遍。剪得蓬松的头发中系着一条长长的发带，一直跟着辫子垂在肩上，女仆装的小衬衫搭着一款大开领的长毛衣，一条项链拼起几个色块，校服的裤子被收成了锥形，又不失时机地套上了一双软软的雪地靴。"可真是够花哨的。"老师又补充了一句。

康康兔抬起戴着戒指的手撸了一下头发，面对老师一脸无辜地说："我也在诧异，为什么这个学校的人都不追求个性呢？难道有个性不好吗？难道……"于是此女话唠又起，班里埋头学习的同学的目光也不禁被拽了过去，老师知道再和她把"辩论会"开下去不是什么好主意，于是这段对话被老师硬生生的一句"闭嘴"结束了。末了，康康兔绝对不会忘了用长长的指甲狠狠抓几下桌子作为

发泄，于是就又有敏感些的同学被这个抓桌子的声音弄得心里很不舒服。

　　第一次见到她的时候，见她背着一只樱兰高校的兔子背包，自己的头发也被梳成两条大辫子，发绳、卡子挂满了头发，鼻梁上顶着一只粉色的方框眼镜——后来我才知道那是一只平光镜，只是她用来配衣服罢了。不管怎么说，第一印象绝对深刻，绝对符合一只兔子的标准。人如其名嘛！

　　康康兔是班里的政治课代表，一节安静的政治课后，趴在桌子上"闭目养神"的我突然听到班里同学的笑声，我抬头顺着大家的目光看向黑板，上面赫然写着"政治作业：练习册第八课的前半部分+后半部分"，旁边是康康兔在得意地笑。同学们起哄道："第一题是前半部分，最后一题是后半部分，中间部分嘛，就不用写了，就说是课代表说的！"这一下康康兔可急了，急忙抄起板擦和粉笔又改成了"政治作业：练习册第八课∪Φ（空集）。"于是又是一阵爆笑。

　　话虽这么说，但康康兔的脑筋可是一级的灵活，上课的时候总是转得飞快，很是让人佩服。她和本人就不一样啦，对于我来说总是要绕上好半天的问题，她的脑袋运转了一下便知道了答案，不知道是不是因为她桌子上总是在她不停地享用后，不停地出现零食的缘故。

　　不过，一想到她的高声说笑与连绵不绝，我还是头疼。

偷的马

　　不用怀疑，那确实是他的名字。至少是他的外号。

一直认为这是一个沉默寡言的男生，直到某节地理课，此生和同学换了座位坐在了我的前面。

本来我是在很认真的听课的，这是真的。抬头要记笔记的时候，突然发现这位仁兄把地理书扔在了一边，拿着一张纸不知道在写着什么。我发表了疑问后，得到的答案是："在写小说。"

"小说？你写的？"我饶有兴致地问他。

他翻开某本辅导书，拿出夹在其中的厚厚的一沓纸说："这都是。现在已经快两万字了。"

我对于他把这么长的文章采用手写的方式感到有些诧异，"嘿嘿"地笑了两声，还是要了一点来看。拿到手里后发现这位仁兄可能是玩魔兽世界玩多了，人物、故事都是按照游戏来安排的，不过有趣的地方在于他把故事里的人物与班里的同学联系在了一起，于是读起来便让人喷饭了。

以下便是他小说的人物介绍里对本人的描写：

苏·茜尔瓦娜斯·笑嫣。精灵与人类的混血，拥有紫色的皮肤，眼睛中发出白色光芒，经常穿着她的斗篷矗立在风口，蝙蝠是她的宠物。生前为光明游侠，复活后成为黑暗游侠，世界的混乱重燃起她的野心……

我咧嘴笑着看完这段介绍，又问："你自己呢？"他指了指，我这才注意到原来男一号就是他自己。Tod·阿克蒙马是他的名字，紧接着便是一个传奇性的介绍，把自己夸得很美。由于名字太长我记不住，所以就取了开头和尾部叫他"Tod马"，后来变干脆谐音成了"偷的马"。这便也就是他名字的由来了。

由此，每天课间操跑步的时候，偷的马总会在一边气我说："茜尔瓦娜斯的称谓可是'追风者'的意思，就您这速度怎么追风呀？"于是我只能扔给他一个卫生球眼尽量快跑……

睡仙和睡圣

这位睡仙大人原本是坐在我后面的，一大早哭丧着脸来告诉我们说新买的手机被人顺走了。

数学课的时候，突见老师表情预示着要有暴风雨发生。数学老师凝视了一会，双臂挎在胸前，斜着眼一步一步地从我身边走过。我和班里的同学一样，目光追随着老师显然有些发福的身影。

"这是什么？"数学老师翻开睡仙大人的数学书，从里面拿出几张零散的书页，显然是被人从书上撕下来的。

"书签而已。"睡仙有条不紊地答着。

老师用书页用力地拍打着他的桌子，吼道："书签？有人把《哈利·波特》大结局当书签的吗？"

班里响起笑声。

于是睡仙大人就声名远扬了。当然，故事的结尾就是他那张不长不短的检查。

按说他这一天也够倒霉的了，可这祸偏偏要"三行"。政治课的时候他实在熬不住，便睡着了。偏有同学趁他熟睡的时候在他脸上、胳膊上写写画画，而这位仁兄非但熟睡之时没有察觉，就连醒后都是顶着这些东西莫名其妙地看着别人的笑脸。而他脸上赫然被同学写上"睡仙"二字。

从卫生间洗过脸和胳膊后，他一声不吭地回到了座位上。我看见他的眼睛红了。

"没事吧？"我问。"今天都郁闷死了，正一个人生闷气呢！"他板着脸回答。

我还想说些诸如"大家没有恶意的"，又或是"没什么事，开心点"之类的话，可是没说出来。后来想了想，说了也是废话。

而另一位被称做睡圣大人的仁兄，可真是名副其实的睡圣了。无论哪节课，他一定都在睡觉。低着头睡，把头支在桌子上睡，埋头在胳膊里睡，或是靠在椅子上仰头睡，总而言之，他都睡得着。追溯他如此沉迷于睡觉的原因有三：一是前一天晚上或是在手机联络中，或是在看小说中，导致凌晨三点才就寝；二是人家就是喜欢上课睡觉；三是课堂太无聊而导致的不想学。后来数学老师制定了"睡觉便唱歌"的制度后，睡圣大人又开始了睁眼发呆的习惯，总让人以为他已经境界高到睁眼睡觉了。

最令人困惑的是，这睡圣大人的成绩和无时不清醒的同学们的成绩也没有什么差别。而睡仙大人更是名列前茅。班主任高呼一声："二位神人，学习经验谈来！"两人曰："睡觉！"于是全班晕倒。

阳光跳动，我们相聚，我们携手，有一天，我们也会分离。可是，我们曾经在某个寂静的午后，不小心暴露了自己的脚步，没有来得及隐藏自己存在的声音。不论我们各自的个性如何，你，我，我们，我们曾经彼此关爱，这是即使在很多年以后我们都会微笑着去回忆的事实。

在某个被阳光光顾的午后，世界的一切停止了声响，我们脚下的鞋子突然停下，脚步声清晰地消失在空气中。抬起头，于是，我们发现了对方。

于是，我们笑了。那眼神，是我忘不掉的。你说，你也一样。

我是女生，快乐的女生

芳　菲

　　本小姐生性泼辣，所以少不了挨老妈的批斗。这不，你听，老妈又来了："你看看你，一天到晚地疯，以前你疯吧，那是因为你还小，可从明天起你就是一个高中生了！你看人家蔚丽和蓝妮，哪一个不比你淑女！我看你干脆当男生算了，反正到了新学校又没人认识你。"

　　"男生？老妈，谢谢你的提醒！"

　　"我提醒你什么了？你不会真当男生吧？"

　　"知我者母亲大人也！我就要当回男生！"

　　耶，太棒了！我要当男生啦！什么？你问蔚丽和蓝妮是谁？Sorry，忘记告诉你们了，是我的两个超级死党耶。

　　第二天，我起了个大早，我要去理发和买衣服，好兴奋哦！经过一个小时的"努力"，我终于"成功"地站在了镜子前。橘红色T恤，白色喇叭裤，安踏运动鞋，再加上谢霆锋式的发型，哇，比仔仔还要靓三分！嗯，到时候就看同学们惊讶的样子啦，棒耶！

　　我哼着小曲踏进校门，我的妈妈咪呀，回头率这么高！幸亏我跑得快，要不然就被女同胞们电死了。

还好，同学们没能识破我的性别。好不容易熬到中午放学，我拿起饭盒向食堂走去。咦，一路上这么多美眉都盯着我瞧。正得意着，突然一个不明飞行物向我飞来，并跟我的胳膊来了个亲密接触。我定睛一看，原来是一个篮球。篮球？本小姐在初中时可是篮球队长耶！一个假期都没摸篮球了，不免有点儿手痒，先露一手再说吧。于是我放下手中的饭盒，捡起篮球，对着篮筐，嗖——来了一个漂亮的三分投篮。"哇，居然进了耶！"我高兴地拍手叫道。

"Very good！"忽然，一个富有磁性的声音打扰了我的"雅兴"。我转身一看，一个高个子男生站在我的面前。

"球打得不错，就是个子低了点儿……"

"你是哪根葱，竟敢嘲笑本小……小生！"没等他说完，我就朝他吼了起来。

"喂，老兄，我叫徐贤，不叫'哪根葱'，是新生，高一（2）班的。"

这家伙竟然和我同班，我怎么没注意到他。

"哎，你叫什么名字？"

"我叫王萧，和你同班。以后叫我萧萧好了。我要吃饭去了，拜拜！"说完，我拿起饭盒向食堂奔去。

到了食堂，偶然地碰到了我的死党蔚丽和蓝妮。她们的反应真"强烈"——以为我认错人了，盯了我好久才同时发出一声尖叫："天啊，原来是你呀！怎么变性了？"

不好，同学们纷纷把目光投在我身上，吓得我像大灰狼一样从人群中消失了。唉，先去打会儿篮球吧，等人少了再去打饭。

接下去，很自然地，我和徐贤成了要好的"球友"。只要我俩在球场上一出现，就会有一大群花痴围着看，与其说是看球，不如说是看我们两个"小帅哥"呢！

一天，我和徐贤打完球，他突然疑惑地盯着我说："我怎么越看你越有点儿像女生呢？"

我一听，心中七上八下的，强装镇静地说："喔，那如果我真的是女生呢？"

他笑了笑说："如果你真的是女生，我就让你做我的GF！"

我忽然来了灵感，想测试一下他说的到底是真还是假，于是我说："哦，我有个孪生妹妹，叫莹莹，跟我长得一模一样，连发型也一样。不过她很文静的，要不要我帮你把她约出来？"

"好啊！"他爽快地答应了。

"哼，真是个大色狼！"我在心里骂道，嘴上却说："明天是星期天，水晶公园见。"

"好。谢谢啦！"

第二天，我换了一身连衣裙，来到了水晶公园。这家伙果然早就来了，我收敛起往日的乖张，尽量装出一副文静的样子。

"你好！你是莹莹吧？"他首先开口道。

"是啊，你是徐贤吧？我哥常常提起你呢。"我温柔地说。

我在他面前痛苦地熬过了一天，当然是装了一天的淑女啦。不过后来想想，倒有一种久违的感觉，很新鲜哩！看来，做女人挺好。不知怎的，我竟有点儿想"返男还女"了。

下个周日恰是我的生日，这一天，我请了班上所有的同学，因为我要向他们宣布一件鲜为人知的秘密！

Party开到一半时，我悄悄地回房间换了一身公主裙，对着镜子一照，哇，真漂亮！Ok，闪亮登场！我走到大厅中央，大声说道：

"Ladies and gentlemen，请安静一下！"

大家都把目光投向了我。

"现在，我要宣布一件重要的事情，那就是：我——是——女——生！"

我这一说不要紧，把所有在场的人吓了一跳，都目瞪口呆地盯着我，仿佛我是个天外来客似的。

只有徐贤一副不可置信的表情，微笑地看着我说："我说莹莹，开什么玩笑呢！今天给你哥过生日，你来打什么岔啊？"

"不，我没有哥哥，莹莹就是萧萧，萧萧就是我，我是女生！"

徐贤一时没反应过来，瞠目结舌的样子真让我好笑。但我强忍住笑，真诚地说道："徐贤，公园里与你约会的那个女孩就是我呀，很抱歉，这么晚才告诉你……"

徐贤愣了片刻，接着，他忽地转过身，径直向门外走去……

同学们七嘴八舌地议论开了，并围着我上下打量起来。

正在我感到十分难堪的时候，忽然传来了门铃声。会是谁呢？我疾步跑过去，打开门，门外站着的是徐贤！只见他手中捧着一大束鲜艳的玫瑰花，正满脸灿烂地冲我笑呢！

"我是女生，快乐的女生……"徐怀钰的歌声飘进了我的心田，为我这个难忘的生日做着最浪漫的注脚……

举手

凌倩倩

"面朝大海，春暖花开。"

——题记

今天上午第四节课，班里几乎所有同学都困得摇头晃脑，一个个睡意绵绵。初三嘛，免不了挑灯夜战。窗外，秋天的阳光正艳艳地照着，叶子目光恍惚地看着自己的数学课本，听着老师讲那些半通不通的数学题，仿佛这个课堂与她关系不大。

说起叶子，总的成绩也还算可以，有的科目甚至能算得上优秀。她为人内向，不善于和别人打交道，尤其是那些敬业而又可爱的老师们，我们的叶子向来不愿意和他们正面接触，如果非要说话，也要拽上个人壮壮胆。

"同学们，这道题先讲到这儿，自己再看一看，不明白的同学可以提问。"老师拍着手上的粉笔灰说。叶子长长地出了一口气：反正再讲下去也是一个不会，还不如自己看看。叶子偷偷四下打量了一下，周围早已经有一大片同学"卧倒"了。

　　我们的叶子轻轻皱着眉头，吃中药般"品尝"起那些让人头痛的数学题来，因为她明白，这些东西她必须搞清楚才行，因为考试要考的，这些符咒般的习题是她实现自己梦想的通行证，她很明白这一点。可是，刚做第一道题便被"卡"住了。怎么办？要不要问老师呢？老师笑话我怎么办？"这么简单的问题都不会，自己思考一下吧。"叶子最怕的就是这句话，特别是当着所有同学的面，当着自己好朋友的面。叶子心里乱糟糟的，问不是，不问也不是。她在座位上局促地扭动着身子。此时，那些可爱的师兄师弟师姐师妹们正埋头在习题里，连那些刚才去见周公的可爱的兄弟姐妹们，此时也都专心致志地在那里写着算着。老师呢，正在给几个同学指点迷津，并不时有同学举手提问。

　　到底举手还是不举手呢？看到同学们不停地举手提问，叶子的心里着急死了："干脆问问老师吧。"可是，平时自己并不会像其他同学那样讨老师欢心，不会见了老师就满脸堆笑，说话的声音也不是那么甜，甚至有点沙哑。她还想到，每次见到其他同学和老师说话，心里总是一揪一揪的，像偷了东西怕被人发现的那种感觉。每当这个时候，她就悄悄地溜开，像一只怕见人的小老鼠一般——唉，可怜的叶子啊！

　　怎么办，问还是不问？叶子的怀里像揣了只小兔，咚咚地跳个不停。"老师一定会认真讲解的。"可是自己就是站不起来，每次想到要举手站起来提问，她的双腿就不听话地哆嗦。叶子突然恨起自己：叶子啊，叶子啊，你怎么这么笨呢，这么不争气呢！她使劲地掐了一下自己的大腿，狠狠地咬着嘴唇，眼泪都下来了。

　　老师给那几个同学讲解完，开始在教室里转着，不时弯腰给身边的同学指点一下。叶子轻轻闭上眼睛，做了两次深呼吸，慢慢地举起了手，她感觉这手似乎有一千斤重："老师……"老师走到她身边，轻轻拍拍她的肩膀，示意她坐下，然后很细心地讲解着她不明白的那道题。我们的叶子分明能感觉得到老师脸上的微笑，老师声音里的温和，老师讲解时的耐心。"原来这道题并不难啊。"叶子的心里忽然一下子豁亮起来，仿佛有只手帮她撩开了遮在眼前的一道厚厚的帐幔，浑身变得轻松起来。

"明白了吗？"老师讲完轻轻地问，目光中透着关心。"明白了，谢谢老师。"叶子忽然感觉自己的声音也很好听，听起来也像其他同学的声音一样甜美。"这么客气干什么，这孩子。以后不明白的问题可以到办公室里问我。""嗯！"叶子使劲地点点头，心里似乎搬开了一块大石头。

叶子向窗外望了一下，此时，秋天灿烂的阳光正照在花坛里盛放的一丛丛金色菊花上，也照进了我们小叶子的心里。她忽然明白了一个道理：面向阳光就不会陷在阴影里。

理　解

詹艺文

　　"哎哟，我敬爱的课代表大人，您就赶紧进去吧！"同学们催促着我走进传说中恐怖的"禁地"——班主任办公室。"为什么非得我去啊？"我两腿害怕得颤抖。"这还用说么，您可是老班最喜欢的学生，还是她的课代表，这么光荣的事情舍你其谁啊？"好友皮笑肉不笑地损我。"我们在外面给你鼓劲儿，给你无尽的信心！你也知道老班发起脾气来可真不是开玩笑的。"

　　我拿眼觑着她们，真是，一唱一和的。"那你们就忍心让我一个人去吗？万一，我……"我还想做"垂死的挣扎"。"没有万一，我们坚决顶你！"同学们异口同声地说。我终于认命了，紧张地咽了咽口水，酝酿了一下情绪，敲一下门，喊了声："报告！""进来吧，门开着呢！"我抖了一下衣服，一步步地走了进去，那一刹那，同学们都很有义气地闪在了门两边，做出了"请"的姿势。

　　"有什么事吗？"老班微笑地看着我。不知为何，我总觉得她笑起来有一种毛骨悚然的感觉，哎，环境影响啊！"呵呵。"我干

笑了两声，"其实也不是什么大事儿，呃，就是希望老师能多给我们一些自由的空间。""哦？那么你认为怎样才算多给你们一些自由的空间？"老班一手撑着头，似笑非笑地问我。"嗯——"我脑子发懵了一瞬，但随即说道："就是吧，马上要开元旦联欢会了，咱们班不是组织了一个集体节目嘛。"我见她略微点了下头，继续说道："您能不能不要特别地管？""呃，这件事？"她瞥了我一眼，反问道："我若不管，你们能把握得住吗？不督促你们，能做好吗？""老师，我们已经不是小孩子了，已经上初二了，有些事我们也有自己的想法，也想凭着自己的心意做点事。自己没有拘束地做好这件事，会让我们感到自豪，更加有信心地做每件事。何况这可是关系到咱班的荣誉问题，我们是绝不可能把它当儿戏的！"我理好了自己的思路，缓缓地将同学们的心声说了出来。

"这些我不是没想过，问题是你们根本管不住自己。且不说这件事，写个作业你们都要讨价还价的，还要谈自制力吗？"她带点怒气地说。"可那是初一的时候啊。"我急不可待地反驳道，"刚步入初中的我们，面对堆积如山的作业难免会有抱怨啊！何况我们不都准时交了吗？老师，我们不是什么都不懂，请您不要拿老眼光来看我们。"她似乎有些动容，"若我对你们不那么严格，你们还会如此自觉吗？"那叫严格吗，那么个管法，我们都快被压得喘不过气来了。我扯了扯嘴角，说道："老师，您不试一次怎么知道？不是让您完全放纵我们，只是希望能有一点缓气的时间，您不觉得，只要您一在教室，气氛就十分压抑吗？您不觉得，只要您一发脾气，班里的同学连大气也不敢出吗？包括男生。"我决定豁出去了，一次性说完，"您总是让他们没命地抄单词，也经常讽刺他们，您可知，他们也有自尊心的，也会伤心的啊！"老班终于松口了："我其实也不想这样。你们都长大了，有自己的思想了，不能再拿过去的眼光来看你们了。看来，你们似乎憋了很久了！"她自嘲地笑笑，"你们很怕我吗？"我没做声，她这虽是问句，却是以陈述的语气说出来的。继而，她重重地呼出一口气，说："也罢，我就给你们一次机会，看看你们能创造怎样的奇迹！"她说罢，与我对视一眼，相继一笑。

此时，我的心情是说不出的激动，我平复了一下情绪，对拥在门口的同学们笑着说："老班终于肯给咱们一次机会了，这次，就让咱们大显身手吧！""好耶！""噢！""呵，不愧是课代表大人，小人对您的佩服如滔滔江水连绵不绝啊！"我恍然想起什么似的，"你们还说得出口，真没义气！"就这样，在老班的认同和理解下，我们的节目拉开了成功的序幕。

假期妄想之辩论会

朱青青

一进初中，感觉就像毛驴套上了缰绳，围着磨道一圈一圈地转。语数外，一科都不能放过；政史地生，门门都要考；新开的物理课，也很重要。早出晚归，一天又一天，一晚又一晚，一张试卷又一张试卷，天女散花一般。少有闲暇，禁不住狂想：要是有了假期，甜蜜的假期，幸福的假期，没有作业的假期，每天睡到自然醒的假期，那该是多么幸福和安然啊！看着大家对假期的无限期盼，陈老师特举办了一场辩论会，主题就是：假期！

议题一出，群情哗然，汹涌澎湃之间，班里形成了"妄想"和"现实"两大派，下面两派辩论人员粉墨登场了。

妄想派：对我们这些初中生来说，假期真是千金难买啊，什么时候能够享受一下假期的安闲啊？嗯，对了，让我们祈祷吧，让全世界停电一晚，那我们岂不是就可以不写作业，做一次神仙？

现实派：对方辩友，你考虑问题太肤浅，试问，电没有发明之前，人们靠什么照明？再者说了，今天停电，那么明天晚上呢？恐怕不仅要写当天的作业，还要补上昨天的作业，所以停电拥有假期，简直就是一个幼稚可笑的命题。

妄想派：停电不行，那我们就……生病！没错，生病了，不仅得到好吃的、好玩的、好看的，还不用写作业，岂不快哉？！

现实派：是啊，如果忽视生病带来的痛苦，确实也能带来一系列的甜蜜。但你有没有想过，你今日住了一个星期的院，上学后还是会有一个星期的作业和功课需要补，你这岂不是掩耳盗铃吗？

妄想派：要不，让我们一起祈祷，让我们亲爱的老师生病？

现实派：你太天真了，对方辩友。俗话说："一个战士倒下了，千万个战士站起来。"一个老师生病了，还有其他老师，要是遇上一个手更狠的，那么受罪的还是我们啊！

妄想派：要不，老师去开会，最好开上几天几夜，这时我们就可以想干什么就干什么。

现实派：老兄，幼稚园里刚刚毕业啊？天下没有不散的筵席，老师也没有开不完的会。再说了，遇到开会老师的惯常手段就是先布置好作业，甚至还不如老师在课堂的时候轻松呢。

妄想派：唉，世上的路有千万条，有没有我们学生轻松愉快的路啊？停电不行，生病不中，请假不可以，老师总开会也不现实，（眼睛一亮……）那要是来一场不可控制的自然灾害怎么样？比如台风、海啸、泥石流、洪水、暴风雪……或者来上几个外星人，甚至爆发第三次世界大战？

现实派：请妄想派放慢妄想的脚步，让我们一起条分缕析。

妄想派：那先来场台风怎么样？要不海啸也中。

现实派：据地理课上学到的知识，台风的形成需要高气压气流急速地向低气压区流动，其多发生在沿海地区，请问我们这个广阔的平原具备台风形成的条件吗？至于海啸，首先要具备"近海"的条件，可我们离海有两个小时的车程，这个"美好"的愿望也就靠妄想才能实现。

妄想派：（不甘心的……）要不来场泥石流，或者发一场大洪水。

现实派：真是妄想得不可救药！泥石流、山体滑坡要有山作为条件，我们这茫茫无际的平原，连个十米高的小土包都可以被称为山，能有多少泥和石头能被雨水冲来？再说洪水。虽说我们这地方1993年曾经遇到过一次洪水，可那是在夏季，而且正好在暑假里，对我们这飘雪的、繁忙的、寒假前的妄想，无异于海市蜃楼。

妄想派：（擤一下鼻涕……）那我祈祷来一场瘟疫，小的来场感冒，实在不行让"非典"卷土重来，或者禽流感大面积爆发也行啊。得了以后就被隔离，那时候不就可以顺理成章地休息了？

现实派：哪位好心的同学能不能提供一点醒酒汤！猛醒吧，亲爱的同学。那场"非典"，让全国上下陷入恐慌，让多少人失去生命，让多少家庭骨肉分离，而妄想派的某某同学竟然为了自己的一点安逸置天下人的生命于不顾，是何居心？就不怕被全国人民、全世界人民的唾沫淹死？再者说了，那些病毒到今天都没有被人完全控制，你就不怕因为几个小时的休息而搭上自己的性命？

妄想派：人家还不是为了想得到一点点自由的休息时间？（继续妄想……）要不，干脆来几个外星人，把咱带到宇宙空间。脱离了地球，没有了考试，这样咱不就可以休息了？

现实派：看来妄想派是昨晚狂补作业，脑子缺氧，思维不正常了。请问，虽说世界上有关UFO的报道常常见诸报端，但是有谁说自己亲眼见过外星人？再者说了，即使真的见到了，也真的被带到了宇宙空间，谁又能拿得准人家是跟我们交朋友，还是拿我们做试验？万一我们被关进笼子里当猴看，甚至被当小白鼠解剖解剖，那时候就连妄想的机会也没有了。

……

妄想派云山雾绕，摸不着边际；现实派针锋相对，唇枪舌剑。只有班主任陈老师风雨不动安如山，见局面有点风雨飘摇，阴霾满天，小手一挥，把眼光聚拢，将话题一转。

陈老师：大家都能够就自己的论点展开充分的讨论，而且表达准确，言辞犀利，这点需要表扬，但是大家有没有想一想，什么才叫假期呢？

学生甲：轻松快乐、自由自主的假期才是真正的假期！

学生乙：在这个意义上来说，假期之说很不现实，有作业、成绩、攀比的限制，要想轻松、快乐、自由、自主，那简直就是天方夜谭。在学校里被老师看管，在假期里被父母管制，还有作业、升学和补习班，假期简直就是形同虚设。

学生丙：其实，除开学习的功利性不谈，除开假期的形式不谈，如果抛开对考试和成绩的关注，单就轻松、愉快而言，其实我们有很多假期。

学生丁：就是啊，为什么大家就把眼光仅仅关注于无所事事的放松呢？想一想，我们在课堂上能学到很多不知道的知识，我们对知识的获得难道不是轻松愉悦的吗？

学生戊：如果单就轻松愉快而言，紧张的学习之余眺望远方的风景应该也是假期，听听音乐也是假期，伤心的时候朋友的理解与安慰也是假期，下雪的时候打个雪仗也是难忘的小小的假期。

……

陈老师发言：所以，我们的青少年时期，就是急剧充实知识和

培养能力的时候，我们不应该过于夸大作业和成绩的负面影响，而应该着眼于我们的未来，着眼于个人素质和能力的提高。如果你着眼于获得知识的过程，那么你自己能怡然自乐于其中，但如果你夸大学习的副作用，一味地自怨自艾，那么，无论多长时间的假期都无法填补你心中的空虚。俗话说得好，一张一弛，文武之道。我们还要在紧张的学习之余，学会给心灵放假。

......

同学们总结：假期是妄想，学习才是硬道理。

调座位风波

戴颖倩

"哎哟，位子调好了啊！"班主任曹老师满心欢喜地走进教室来。我的同桌施晗却一脸的不悦，嘟着嘴。

"曹老师，我想和吴佳伟同桌！"施晗终于鼓起勇气满怀期待地走上前去说道。曹老师的脸顿时转阴了，声色俱厉道："谁允许你和吴佳伟同桌？我老早就说过，要换座位首先把成绩拿出来！"说罢，白了施晗一眼。施晗被曹老师"排山倒海"的气势吓了一跳，乖乖地回到座位，惊魂不定。我和周围同学面面相觑，深感无奈。施晗则一直嘟着嘴，耷拉着脑袋。

直到早自修将尽，曹老师又一次提高分贝说道："施晗，我跟你说，你抱着这种心态，是学不好的。我跟潘嘉昊早就有了约定，成绩提高了，可以自己选择对手作同桌，而且潘嘉昊的理由很正当，原先的同桌没竞争力；你呢，同桌虽然对你也没有竞争力，但你可以和其他同学比呀！你再看看，我让你坐在第二排，是黄金地段，前面两个又是可以帮助你的同学，更别说影响你……"

曹老师似乎还在滔滔不绝地说下去，可我什么也听不到了，只有那句"同桌没有竞争力"的话在耳边不停地回响。啊，我是

个没竞争力的学生！没有竞争力的不就是差生吗？我还能有什么希望呢？没有竞争力，意味着什么？愚蠢！没水平！最终失败！我是个没有竞争力的学生！我是个没有竞争力的学生……连我自己都要失望了。我把头埋得很低，让人看不到我眼眶里就要涌出的泪水，心里不停地告诉自己：这有什么好哭的，曹老师也不过随口说说而已。可越这样想，心里就越难过。我忍住泪，但眼泪又在心里泛滥开了。这种感觉足以让我窒息……

早锻炼铃响了，大家都准备去跳绳。我拿起绳子，头一个冲出教室。终于，眼泪像断了线的珠子不断往下掉。阵阵寒风吹来，只感觉刺骨冰凉……同学的安慰声在耳畔响起，心里似乎有了一丝暖意……

曹老师也觉察到了我的"不对劲儿"，走近我问道："戴颖倩，你在哭啊？"曹老师的关切在此时的我看来很值得玩味。我摇摇头，倔强地说："我没哭！"曹老师顿了顿，缓缓地说道："哭，也是正常的，你的人生要面临许多挫折，这只是一点很小的挫折！"我低头无语。曹老师抚摸着我的肩又说道："换了位子你肯定感慨万千。你跟我说一下吧！"

平日里胆小的我面对老师从来都不敢多说话，可这次却换了个人似的。我稳了稳激动的情绪说道："其实，我哭不是为了座位的事，和谁坐我都无所谓……""是无所谓的吗？"曹老师立马接过话茬儿。"我哭是因为你说我没竞争力……"我一口气把心里的想法全说了出来，说完，心中的闷气也似乎排解了大半。曹老师怔了半晌后，一字一顿地说道："如果你的眼泪是为了那句话，那我认为流得值得。人，不能没志气！那你接下来就应该奋发向上了。你的下个目标就是施晗。他科学可考到了170分，等你超过了他，你就可以对我说：'没竞争力的不是我戴颖倩！'""嗯！"我坚定地答道。原本对曹老师的气也烟消云散了。

那次风波让我明白：人贵在自强！

捉 鱼

刘秀龙

　　小时候，村前的小河里四季有水。每到农历的初夏季节，河两岸的杨柳树早已抽出修长的柔软的枝条，叶子是嫩绿的，上面像涂了一层油似的亮亮地发着光。各种水草浓密繁茂，绿茵一样铺满近水的地方，远远望去像是给河水镶了两条毛茸茸的绿带子。到近处还可以看见一些零星的野花散在草丛里，透着乡间自然的美丽和灵气。

　　天气渐热。我们这些孩子们已盼望一冬一春了——早就急着想到河里去捉鱼了。

　　河水哗哗地流淌着，河底大大小小的石头因为长年泡在水里的缘故，上面便罩了一层黄绿色的绒毛一样的东西，光溜溜的。河床稍陡的地方，河水只有膝盖深浅，在大的石头周围还旋着波浪，飞起几朵白的浪花；平缓的地方水较深一些，差不多能没过腰身。

　　我们捉鱼一般都在水流平缓的地方。游动的鱼经常碰到腿上，大都是小鲤鱼、小草鱼之类，很机灵，难以捉住。我们只能在河边的水草里、石头底下捉那种头很大、很扁的鲶鱼。鲶鱼喜欢在河

边有淤泥、水草的地方觅食，有时也钻进石头底下躲避外来的侵害。大一点的鲶鱼扁扁的大嘴里还有细碎的极小极尖的密密的牙齿，可以吃小鱼小虾的。如果运气好，还可以在较深厚的淤泥里踩到甲鱼。

我遇到过一次十分恐怖的事情，致使我现在想起来还心有余悸。

那年我十四岁，读初一。一个星期日的下午，我叫了两个伙伴海东和猪旦下河去捉鱼。刚开始在有水草和淤泥的地方抓到几条小鲤鱼，后来便半天没有一点收获。于是我便到水较深的一块大石头底下去摸。运气真好！很快便摸到一条大鲶鱼。当我甩手将鱼扔到岸上时，又有一条从石头下钻出来，正好碰在我的脚上，也被我抓了个正着。我高兴得跳起来，海东一见赶忙跑过来在河边的浅水里用石头垒起一个圆圈，把鱼放进去。两条鱼都有一尺多长，黑黄的身子，大而扁的脑袋上还有一溜深黑色的花纹，嘴巴一张一合地喝着水，两根又细又长的胡须摆动着，很是好玩。一会儿，猪旦也在一片膝盖深的淤泥里踩到一个硬邦邦的东西，他把手伸进泥里，立刻抓出一只碗口大小的甲鱼来。

我们都高兴极了，赶紧收拾回家，决定晚上煮了美餐一顿。

海东说他没有什么功劳，煮鱼用的东西全由他去弄。

果然，晚上我们到约定的地方一看，铁锅、柴火都准备好了。海东说还从家里偷出一包盐来，就是油不好拿，所以没偷出来。我们说根本就不用放油——这样大的鱼，肯定肥着呢！

猪旦又叫来他的弟弟狗旦和海东的弟弟海西，我们七手八脚地垒灶、剥鱼、打水、烧火，约摸一个多钟头，就煮好了。折根树枝夹起来尝尝，还真香！

把锅里的水倒掉，我们五个人围在一起，风卷残云一般，顷刻间吃了个一干二净。

后来的几天里，一想起那晚吃鱼的情景，就馋。

好不容易又到星期天了，我们决定再去捉鱼，并且还去上次去的地方。

这次，猪旦和海西也都来了。大家信心百倍，劲头十足，决心要捉得比上次还多，好再饱饱地吃一顿。

可是，半天了只捉到几条小草鱼。于是，我叫了海东兄弟又去了上次摸鱼的那块石头旁边。先让他俩在一边守着，并叮嘱他们一旦有鱼跑出来，一定机灵些。这时，猪旦和狗旦也到上次那片淤泥里乱踩。

我弯下腰把手伸进石头底下时，高兴得差点跳起来——又是一条大鲶鱼，身子光滑极了，摸着好像比上次的还大呢！我的心突突地跳着，激动得顾不上说话，只是屏住呼吸，使劲往里伸手，用力攥着往外拽。

可是，我拽出来的并不是鲶鱼，而是一条粗大的水蛇！我吓得"哎呀"一声，一屁股坐在水里，身上软软的，不能动弹了。

伙伴们把我搀回家。躺在床上，我不敢去想捉到蛇的事情，可一闭上眼，便看见那条绿色的有白色花纹的足有三尺多长的水蛇在我松手的刹那间在水中箭一般远去的情景，手上是一种无法言喻的滑腻腻的叫人恐惧的感觉。

第二天，我的脑袋还是昏沉沉的，身上也没有一点力气，不能去上学，只好请了假在床上躺着。母亲很着急，说我是丢了魂了，便拿了我的衣服要去河边给我叫回来。

我的校园生活

刘玫言

校园生活丰富多彩，住宿生活更是五彩缤纷。

8月23日　"献血"

星期二是我们班住校的第一天，经过一天的学习，同学们带着一身的疲惫回到了宿舍，我们很快进入了甜甜的梦乡。

可是好梦难圆，不知怎的，我们肉和血的香味触动了蚊子"少将"，他一声令下，数千只蚊子从各个容身角落飞拥而至。他们左手拿刀右手拿叉，脖子上还扎着餐巾，向我们发起了猛攻。就在这黑灯瞎火的时候，我们算是遭了殃。我感觉眼前一片蒙眬，不住地听到"啪啪"的拍掌声，也不知道同学们是打到了蚊子还是打到了自己。三十六计，走为上策，我们干脆钻进被窝。蚊子也够聪明的，它们棋快一招，抢先一步向我们发起进攻。有同学喊道："我身体里的血液快被吸光了！"还有同学喊道："蚊子，你看我瘦得

皮包骨头，小心咯了牙！""我已经献血数升，不知道蚊子大哥有没有塞住牙缝呀！"还有的同学干脆到宿舍外面和着南风赏月。哎，我们真是叫天天不应，叫地地不灵！

9月1日　师命难违

前几天"大献血"，今天不知道何事得罪了至高无上的班主任大人，她老人家大发雷霆，命"侍卫"快马加鞭给我下了一道"圣旨"，"圣旨"曰："奉天承运，老班诏曰：命你速将前面几簇长发剪掉。"我听了不禁一颤，说实在的，这可是我的心爱之物，说剪掉还真的不舍得，可是师命难违，我火速赶到"皇宫大内"——办公室，"三叩九拜"，终于见到了"老班"。我点头哈腰，想给我的那几簇可怜的头发求个情。但"老班"的确厉害，对我的亲自来访毫不理睬，我的心一下子凉了半截。身为"侍卫"、"督头"的数学老师领了"老班"的口谕，给了我两军棍，原因如下："因为你整天好吃懒做，并对那几簇头发照顾有加，每天不整理上几十遍，手就痒痒，现命你剪去头发以思悔过，不得有误。"我领了"圣旨"，灰溜溜地出了"深宫"，走进了理发店——心如刀绞！

9月12日　夜间游击战

近日，舍友间流行夜间游击战，我们纷纷筹备了特等武器——手电，每天下了晚自习，各自带了课本赶到宿舍，洗漱完毕，大家跳上床，打开手电筒开始学习。老师的手电光照入宿舍时，大家就迅速地藏好东西，老师经过一番检查，悄然离开。我们最受信任的"哨兵"向大家报告："值日老师离开，大家开始行动。"我们又一次投入战斗。就这样我们采取敌进我退、敌退我进的方针，坚持坚持再坚持，我们的学习时间更多了！

　　但昨晚，我们被俘了，因为"哨兵"不知道何时睡着了，老师站在门口观察了足足一刻钟，然后破门而入，他老练地将我们揪到了宿舍外的走廊上。证据确凿，我们老老实实地接受教育，我们明白了夜间游击战的危害，于是重新制定了计划：上课认真听讲，向课堂45分钟要质量。于是"哨兵"被我们炒了"鱿鱼"，夜间游击战取消了。

　　五彩的校园生活，伴随着我们一天一天成长。

（指导教师　徐月香）

"央视名嘴" 的数学课

王睿智

水均益：（大将状）"尽管国际风云变幻莫测，关于奇数和偶数的争论也引起过局部动荡甚至战争，但是，同学们，有一个前提是不言而喻的，那就是：结论也许并不重要，和平才是人类肺腑里涌动着的最强音。我们有足够的理由相信：答案如果是奇数的话，偶数并不一定是墙上的一抹蚊子血；而答案一旦是偶数的话，奇数也不见得就成了过街老鼠，人人得而诛之。同学们，我曾经在伊拉克街头询问一个卖鸡蛋的老太太，问她的篮子里究竟有多少个鸡蛋，饱经风霜的老人用衣襟擦了擦额角，向我神秘地指了指不远处的美军坦克，面无表情地从牙缝里挤出几个字：你去问它能让我保留几个！"（戛然而止，做意犹未尽状）"好，感谢收听这期的奇数偶数专访，我们下节课再见！"

赵忠祥：（朗诵状）"在浩瀚无边／的太平洋上，散布着／无数璀璨的明珠，这些明珠就是我们在地图上／也许找不到的大大小小的岛屿。同学们也许要问，这些岛屿的总数／是奇数还是偶数呢？回答这个问题的难度／不亚于准确数出澳大利亚袋鼠的数量。

当夕阳的余晖洒落在波斯里亚湾，探险者出发了／他们选择这个时候出发，是和野生动物有个隆重约会，赶来凑热闹的，还有叫不上名字的昆虫，星星点点／脚步匆匆，它们不去想奇数还是偶数／竟然也过得有滋有味。而我们呢？由于生态环境被严重破坏，物种大量减少／同学们，也许有一天，我们向我们的子孙讲述这两个奇妙的数字时，竟然找不到两个同种动物。这，绝非危言耸听。"

（"／"是赵老师别有风味的停顿！）

倪萍：（深情状）"同学们！也许大家还不知道，在座的同学里，有个孩子，从幼儿园时代起就对奇数和偶数充满了好奇，这种好奇凝聚成一种力量，哪怕是吃尽千辛万苦，也要把这个问题'整明白'！别看这个问题看上去是如此简单，好像奇数就是1偶数就是2，但如果你到他家看看他的学习环境，了解了他竟然是一个白血病患者，你就会对生命中本真的求知欲望充满敬意！"（泪光盈盈地走向一个男生）"这位就是王小毛同学！小毛哭了！他爬过了十八里山路去医院时没有哭，而当他懂得奇数和偶数的奥秘时，笑了，笑得那样灿烂！小毛今天算是回家了。"（搂住小毛）"来，小毛同学，告诉老师和同学们，奇数就是2n＋1，偶数就是2n！"

李咏：（无厘头状）"耶！！！同学们，想实现梦想吗？跟着李老师智力大比拼！今天，代表奇数的同学穿的是红彤彤的红背心，代表偶数的同学穿的是黄澄澄的黄背心，让我听听谁的欢呼声更响亮！"（讲台下欢声雷动）"张三，你腿别抖，后援团的同学们在哪里，掌声鼓励一下！李四，纵然你是我的本家，我也不会手下留情。什么？万水千山总是情，五千年前是一家？拉关系也不看看场合，哈！"（突地把脸一沉）"张三同学请听题：是一道关于奇数和偶数的快速运算试题，说一个蛤蟆一张嘴，两只眼睛四条腿。十个蛤蟆几张嘴？几只眼睛几条腿？"（张三竟然答成：十个蛤蟆十条嘴，二十只眼睛四十张腿！）咏哥没听出来，"张三同学，恭喜你！赢得一枚青蛙商标！"（"偶数"队疯了似的手舞足蹈）

王小丫：（邻居状）"好，甲同学，规则你清楚了吗？你有三次求助机会：一是打手机回家询问你的监护人，二是问班上其他同学，三是让电脑去掉一个错误答案。"（甲同学神气抖擞："好，俺有信心！"）"第一题：奇数和偶数可不可以为0？"（甲同学吓傻了：还有这么简单的题目！）"我求助全班同学。""好，全班选可以的占45.5%，选不可以的占54.5%，你最后的答案？""我听多数54.5%的！""你确定了吗？不改了？"甲同学硬着头皮："不改了！""好，恭喜你答对了！""耶！！！""第二题：奇数和偶数之和一定是：A.奇数；B.偶数；C.不确定。""选A！""好，甲同学究竟有没有答对呢？请广告后回来看！"

第六部分

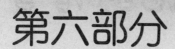

铺落一地的语言

　　我读着那些落在地上的叶子，读着这些铺在地上的语言，也写给那棵颀长的树一句话：我和你，在每一个早晨，都有一次安静的约会。

——黄旺《铺落一地的语言》

铺落一地的语言

黄　旺

昨夜，又一股冷空气不期袭来，今天早晨的空气中就多了丝丝寒意。

我习惯性地站在阳台上，看窗外不远处那棵颀长的树。一夜之间，它便褪去了所有叶子，只剩下裸露着的青灰色的筋骨。看上去，它越发颀长，有点孤独，有点瘦削。

原来，让这棵树的颀长恰到好处的，是那片片心形的叶子。昨天，它们还带着那种在我看来安静里有点高贵的黄色聚在枝头，现在已安静地铺落在地上，以树根为中心铺成了一个有点规则的环状。那些暖暖的黄色温暖着我的眼睛，就像读某些文字一样温暖，不浓不淡，恰到好处。所以，我脑中就有了一个很自然的句子：这铺落在地上的暖黄的叶子，不是这棵树写给初冬抑或写给我一个人的语言吗？

那些叶片上写着回忆吧？回忆每一个早晨我和这棵颀长挺拔的树的对视。这种对视，穿透春天温润的空气、夏天密集的雨滴、初秋薄薄的雾气……在这种穿透里，我用视线触摸到这些叶片软如柔黄、绿如翡翠、黄如奶油，获得一种安静、一种默契、一种寄托。

那些叶片上写着淡泊吧？那棵树令我心仪之美在于它的顽长，而它的顽长源于它清醒的意识：它的干笔直，枝丫紧凑，而且不随意旁逸斜出，滋生贪婪，只荫蔽着属于自己的几平方米的领域。所以，无论是骤风突起还是雷雨忽至，它从来没有丧失过自己那顽长的仪态，这大概就是人们所说的内敛而外现吧！

我读着那些落在地上的叶子，读着这些铺在地上的语言，也写给那棵顽长的树一句话：我和你，在每一个早晨，都有一次安静的约会。

且留残荷听雨声

薛颖超

雨不停地下，打湿了她的心。黑白照片上的老父亲冲她微笑着，她已是满脸泪水，晶莹的泪珠自脸上滑落。

本是才露尖尖角的小荷，是什么让她放弃了自己的绽放，擎着外人不解的执着一路越陷越深，即使无望，也同样一如既往地挣扎？十三年弥足珍贵的青春转眼已成往事，十三年不变的追求使老父葬身海底。梦寐以求的"未得到"终于深深破坏了她的"已拥有"，从此生活变得残缺。

一个满载希望与疼爱的肾，换来的也不过只是一张演唱会的门票和更加贪婪的索求。痴情的鸟儿，还在为绿阴重复单调的歌曲，却不觉该得到的尚未得到，不该丧失的却已经悄悄丧失了。叫声啁啾，终究还是千万鸟儿中的一只，即使不见了，仍有千万鸟儿在鸣唱；香莲虽美，不过为塘内数万荷叶中的一朵，即使残了，仍有一池荷叶在舞动。自己呢，始终就关在小屋子里，面对着一墙的"影子"做单纯的梦。封存了自己，也隔绝了外面的世界。

就如陷入罗曼蒂克式的爱情泥沼，望见淤泥中美丽舞动的荷，

喜爱之心立于枝头。爱花的娇美、叶的淡雅、枝的亭亭玉立；爱荷生于喧闹的噪夏，衰于寥落的悲秋；爱荷脚下的淤泥……从此，更深地陷入了一种让人不解的痴狂追求，一种不理智的追逐。这次丢弃的不再是好学生的理想，而是父母深挚的情感。

其实，人人都是一株有机会绽放的荷，只是先开的荷发出的光环让未开的荷放弃了可以绽放的机会，忽略了自己同样可以光彩照人；其实，她也可以闪闪发光，只是羞涩让她追逐的不该执着的执着掩盖了太多；其实，又有几人懂得肥大荷裙下的悲伤，可她却不改偏执的性格，不惜坎坷。为什么不争取自己的绽放而去欣赏他的光耀，任由自己上演无理的闹剧，一切都那么荒唐、可悲，甚至让人愤慨。

痴狂的追逐，旁人为之不解，怒其不争。可是亲情似乎没有理由多加怀疑，父母背负了指责，亲情却购买了溺爱。只是冷冷的大海执迷不悟，异乡刺骨的海水无情地吞没了年迈的老父，谁该流泪？那一刻她哭了吗？

已然沦为残荷，如今的我们没有权利再去多加指责，要知道，欣赏别人的过错本身就是一种罪恶。让心灵给自己一个真正的宣判，相信它才是最公正的权者，留下孤独的残荷，独自享受风雨的洗礼。

雨依旧不停地下，但它是干净的，是温暖的，会给予需要温暖的人一片温情的慰藉。相信她在安静地听着，也许将来会绽放出迟到的美丽。

黑白照片上的人依旧笑着。

一道美丽的风景

谢蔚然

提到美丽的风景，莫过于家乡樟树下那块平凡的凉地。村里人都喜欢老樟树下的那块平地，尤其是在星汉满天、流萤飞舞的夏夜。

夜幕将至，西天残留一片黄昏。各家的孩子"哧溜"一下从河里爬出来，草草地套件干短裤，搬着竹椅，抬着凉床，一路"张三邀李四，李四喊王五"地向老樟树下走去。忙活了一天的大人们，带着一身疲劳，拿着把蒲扇，三三两两地来到了平地。

静静的老樟树下热闹了。

孩子们一窝蜂地蹿到老樟树后，"躲——躲——"地玩起了捉迷藏；年轻的、年老的妇女们，"张家婆婆、李家媳妇"地拉起了家常；一边的叔叔伯伯们，三五个一伙儿在远远的角落，或是摆出象棋杀一盘，或是谈起他们过去的故事……

西边最后一抹晚霞消失了，夜幕悄然拉开。

机灵的孩子从裤兜里掏出早就准备好的透明的药瓶子，拿着蒲扇，捕捉那小星星般的飞萤。

萤儿忽上忽下，忽明忽暗，挑逗似的飞舞着。孩子们不慌不忙，嬉笑地追逐着，一接近萤火虫，扇儿轻轻一摇，虫儿便掉了下来，成了他们的"俘虏"。

大人们不说话，静静地看着孩子们追逐飞萤，孩子们天真烂漫的情趣，使他们想起了自己那无忧无虑的童年，禁不住露出笑容。

萤火虫捉够了，孩子们也跑累了。他们躺在凉床上，一边逗着瓶里的虫儿，一边央求爷爷们讲故事。圆圆的蒲扇，在习习的夜风中有节奏地扇动着。老人们拗不过他们，摇着扇子，有板有眼地讲起那不知重复了多少遍的故事。孩子们百听不厌，听完后，又嚷着再讲，每每在爷爷们的讲述中带着甜甜的微笑进入了梦乡。

月亮升起来了，皎洁的月光照着轻轻晃动的樟树叶儿，显得格外幽静。人们谈倦了，扇累了，在凉凉的微风中进入了梦乡……

老樟树下，静悄悄的。

凉床儿夜夜搬，搬走了年年的酷暑；蒲扇天天扇，扇走了悠悠的岁月。

老樟树下的这块平地，永远是我脑海中的一道美丽的风景。我爱你，老樟树，更爱老樟树下的父老乡亲。

站在长城非好汉

王黎冰

万里长城的雄姿，万里长城的故事，在书本上领略过，在电视上瞻仰过。"不到长城非好汉"，伟人毛泽东的豪言壮语，深深地印在我的脑海。

然而，天之北与海之南，数万里路程，加之正处于"十年寒窗"苦读之中，阻挡了我"当好汉"的奢望。

秋风吹不尽，总是玉关情。夜来幽梦生，浮想联翩起，竟然有幸登临古长城，终于一偿未了夙愿。

从山海关上一路走来，饱览无尽风光。

我心知，从古榆关到居庸天险……这就是伴随着中国两千多年封建专制社会进程的万里长城；这就是历代帝王将相金戈铁马、逐鹿中原的战场。

一路上的好景色无暇细看，一阵寒风将我吹到一个地方，站在高处眺望，万里寒光生积雪，三边曙色动危旌。

环顾四周，再没有春天的葱翠，只有秋后的肃杀，冬月的凄凉。

突然间，耳边轻轻传来如怨如恨、如泣如诉的旋律，十分耳熟，这是孟姜女送寒衣的忧伤曲子。

我循声望去，抬头一看，前面站着的不正是当年小孟姜么？

"孟姑娘……"我想过去跟她搭讪，但用尽全身的力气却叫不出声音来。

我走到她的面前，她却对我视而不见。

我试着用手去触摸她，手还没到就有一股冰凉的感觉从我的指尖传遍全身，原来我摸到的是一块石头，人却不见了，伫立在那里的不是人，而是一个人模人样的石头。

哦，我知道了，这是望夫石。

在梦中，我居然才知道我前生是一个驻守中原要塞的校尉。

此时，我正倾听着悠扬的羌笛小曲，想念着远方家乡的亲人，忆君迢迢隔青天，母亲、父亲和妻儿，你们可无恙？

有道是，男儿有泪不轻弹，流到心里化作血……

朦朦胧胧中，战鼓频频，狼烟又起。

这时，我又是一名统领大军的将领，骑着战马手执青龙偃月刀，穿梭于刀光剑影中，一刀下去人头落地，心里发怵，但杀得性起倒有几分"快意"。

人惨叫，马哀鸣……

突然，一外貌酷似"黄巾力士"的敌将从斜刺拍马杀到，我猝不及防，挨了一刀从马上掉下来……

浑浑噩噩中，不知过了多久，我从死人堆里爬起，硝烟味血腥味熏得我喘不过气来，身上的创伤还隐隐作痛。

我的马不见了，我的刀也不见了，远处隐隐约约有十几个士兵在掩埋尸体……

可怜无定河边骨，犹是春闺梦里人。

我踉踉跄跄来到了无定河边，冰凉的河水洗去我身上的斑斑血迹，能否洗掉我心灵上的痛苦？

我无力地躺在河中，任凭河水冲刷。

漂着漂着，我又在滦河边醒来，我又听到声声乐曲，似胡琴、似琵琶又似羌笛。

我分辨不出，这是充满激情又略带愁绪的阳关三叠，还是悲怆哀伤的"胡笳十八拍"，或是苍凉慷慨的"苏武牧羊"？既似王昭君抱着琵琶出塞而去；又似蔡文姬执着胡琴归汉而来；哦，又像是苏武常持汉节空向秋波哭逝川！

我领略了张骞"马革裹尸"的壮怀激烈；我见识了班超"投笔从戎"的豪迈气概；我又随着霍去病六伐匈奴，威震异域；我闯过金兀术的军营；拔过忽必烈的兵寨；看到了袁崇焕的悲壮，努尔哈赤的骁勇……

醒来，方觉身在梦中，虽然我没法去感受真正的长城，但梦里的一切让我的心情久久不能平静。

原来，我到了长城也当不成"好汉"！

尘埃落定的历史告诉我们，长城只能作为印证昔日征战的残酷和历代专制王朝暴政奴役百姓的历史悲剧！

除此之外，长城毫无用处，当代诗人熊鉴诗云："胡马几番蹂晋宋，神州两度陷元清"。是啊，长城再坚固，也防护不了历代专制王朝的覆灭。

我真想再次入梦，这一回我想变一个白衣剑客，牵着我的白马，仗剑去国，浪迹江湖，远离世俗纷争，在黄昏饮马傍交河时，掬一汪清水，捧一把沃土，去灌溉人世间渐渐冷却的爱心，去播下全世界和平的种子。

青春的考验

高 会

十五岁，少女含苞待放的花季，青春装载着我对未来美好的憧憬与向往驶向远方。不知不觉间，眉宇间突然冒出了几粒小痘痘。

心里有点急。

原以为过几天就会好，没想到"痘群"们竟在我的脸上安了家，并像细胞分裂一样迅速"繁殖"，很快扩大了"领地"。"痘群"们的"大军"竟如宇宙般大小，于是我常常一个人站在镜子前左看右看，但又无计可施。

心里有点烦。

走在路上，看见过往人群看我时那好奇的眼光和嘲讽的眼神，真想找条地缝或蚂蚁洞，躲在里面永远不出来。更可恨的是"痘群"们还在不停地卖弄自己，生怕别人不知道自己的"稀有"与"宝贵"。

心里有点气。

终于清楚地知道这样不是办法，于是求医问药，希望通过"内外夹击"，彻底消灭这帮可恶的家伙。从此以后，整日以药水洗脸，整周以药填饱肚子，但还是不见成效。算了，还是狠下心来，对着镜子，"痛扁"了一顿这帮不知天高地厚的家伙，经过此番折腾，"痘群"们竟肆意报复，在我那本来就可怜之至的脸上又留下了一大堆难以除去的记号。

心里有点恼。

整日像照顾宝贝一样用心呵护它们，生怕它们一不开心就到处乱跑。没有了我这个令人讨厌的"侵略者"，"痘群"玩得不亦乐乎，闹得更加逍遥。尽管我希望它们"壮士一去不复返"，但它们却颇有些"野火烧不尽，春风吹又生"的劲头。哎！现在终于觉悟，就像太阳拨开了乌云，豁然开朗，由它们去了，何必自寻烦恼！

心里有点亮。

突然间想到，这帮"痘群"会不会是青春发给我的"考题"，它们无时无刻不在陪伴着我，考验着我。

心里有点喜。

对呀！这帮"痘群"就是青春对我的考验呀！我知道该怎样完成这份试卷了！呵呵……

湛江——梦开始的地方

钟杨薇

美丽的湛江，在祖国的南端，是我梦境一样的故乡。优越的地理位置，让湛江四季如春，仿佛是一幅炫彩灵动的山水画。顶端是浩瀚深邃、蔚蓝明澈的天空。中间是高低不同、错落有致的城市建筑。轴底与蓝天相映成趣、浑然一体的就是大海。

春夏之交，走在海边，明媚阳光铺洒在波涛起伏的海面，波光粼粼、流光溢彩。苏东坡诗说："蒌蒿满地芦芽短，正是河豚欲上时"，这时间也正是湛江人赶海的好日子。每日潮涨之时，人们从四面八方陆续涌来。一个个笠帽蓑衣、肩背手携鱼篓的样子，给金色的海湾又平添一番人海合一的气息。只等到退潮时，宛如听到了进军号角般，千军万马一拥而上。礁上、沙上各种鲜贝俯拾可得，收获的喜悦就写在脸上。这是怎样的一种场景？

秋冬之日，湛江的美却又是另外的不同。江淹《恨赋》里有"春草暮兮秋风起，秋风罢兮春草生"的哀叹，白居易也有诗说"人间四月芳菲尽，山寺桃花始盛开"的感慨，其实那是他们没有到过湛江的缘故。在大漠扬沙、北国吹雪的一片肃杀中，湛江的鲜花却是长势正当火红。举个例子吧，就是"花城"广州的鲜花，大部分都是来自湛江的花田。想象一下，您是刚从叶枯草衰的北方赶来，一团团一簇簇、芳香扑鼻的花山花海，突然展现在您面前，那将是一番怎样的感受？湛江冬季，另外一个去处是水库看鸟，大的、小的，红的、绿的，一队队一排排的、一阵阵一片片的南飞候鸟，数不胜数。只是那清脆悦耳的鸟鸣声，就足够打发冬季的寂寞。

　　湛江四季的美景让人目不暇接，一幅更加宏伟的新湛江蓝图也正在徐徐打开：随着钢铁、中科炼化项目选址湛江的尘埃落定，湛江更成了众多高瞻远瞩者目光的聚焦之地，一个崭新的湛江正向我们走来。由此，一直以来萦绕在湛江人心中"依托深海良港优势、打造临海工业"的梦想，就将在不远的明天成为现实——在碧海蓝天的海湾上，拔地而起一排排高高矗立的铁塔；那耀眼的钢花与那美丽的海石花相映生辉的景象；许许多多祖祖辈辈靠海生活的渔民，终于可以取下头上的斗笠、换上轻便的工作帽，走进工厂成为一名操作机器的工人。那该是多么的自豪骄傲！

　　夜幕降临之时，品尝着美味的湛江小吃，看那灯火通明、钢花四溅的红火，却不又是一番美妙的感受！一边是海水、一边是辉煌，岂不恰如海上明珠一般？是的，其实湛江就是一颗璀璨明珠，她必将引领着我们走向世界。她，是我们梦开始的地方！

我是卧着的风

张佳羽

每天着陆春风大厦，我，是卧着的风，不理睬一粒尘土。我的姿势，越来越有力度，一旦爬起来，将是很执着的加速度。我在观察着方向，却没有很极端的方位感。四面素色的白墙，标明着四个方向。我猜想着每个方向上的高端，飘着什么样的云。

面东，呵呵，紫气东来，祥瑞满眼，欢娱成群。有诗为证："儿童放学归来早，忙趁东风放纸鸢。"

面南，呵呵，温润拂面，雁翼思归，旧人怀故。有诗为证："春风又绿江南岸，明月何时照我还？"

面西，呵呵，佛路唯艰，矢志不渝，壮怀激烈。有诗为证："西风烈，长空雁叫霜晨月。"

面北，呵呵，冰寒刺骨，雪满弓刀，闲人唱宫。有诗为证："瑶台雪花数千点，片片吹落春风香。"

风本没有方向，季节改变着人的感觉，风，便有了方向。每个方向的风，有着不与雷同的性格，性格决定着季节。

风，有温柔的，有暴怒的，有休闲的，有急切的。

季节，有五彩的，有单色的，有热情的，有冷峻的。

二者结合，展现出无与伦比的完美。

春风好，温暖地吹来，万物复苏，百花盛开。天蓝得像湖，一朵朵白云飘呀飘，似天仙挥赶着的鸭子，畅游在明媚的春梦里；一只只黑色的燕子，是人们释放的心情，穿梭在春意编织的诗行里。

夏风好，热浪袭来，大地蒸笼一般，麦野一片金黄，处处丰收在望。田野美得像镏金的毯，收割机"突突"地叫着，农民伯伯欢心地笑着，小孩子在麦垛上尽情地闹着，粮仓在可劲地饱着。

秋风好，清凉如茶的惬意，感染着山山岭岭，万叶竞红，层林尽染，到处瓜果飘香，空气里赶集似的涌来醉人的气息。菊花以技压群芳般的俏丽，冷峻地绽放着秋的深沉；满树果实以各自诱人的色泽，争抢着奉献自己的爱心。

冬风好，像寒冷的骑士一样，一路厮杀而来，击退五彩，冰封大地，雪舞中天，世界一派银装素裹。看呵，草原像一面银镜，为天仙搭起梳妆台；山峦像无数把靠椅，为生机召集预备会议；孩童像一群"嘎啦鸡"，快乐地堆着雪人……

四个方向的风，吹来四个个性鲜明的季节，它们有着各自的俏丽。到底哪个季节更好呢？我一时无法选择，于是，我继续卧着，观察着这个世界……

那一瞬使我感动

寒 秋

　　流星划破天际的一瞬间，诠释着生命永恒的壮美；陌生人弯腰的一瞬间，却使我刻骨铭心，更使我内心充满无限谴责！

　　清晨的微风，吹醒了山雀"叽叽喳喳"的叫个不停；清晨的风吹拂着杨柳，飘飘洒洒。在如此的良辰美景的陪伴下，我踏上了上学的路，一路花开，一路欢歌，心情格外的舒畅。我的早餐往往是在路上吃的，我边吃面包，边欣赏美景，走着走着面包吃完了，恰好经过一个垃圾桶，把塑料袋狠狠的一扔，满以为它能够顺利进入其中，可是微风偏偏将它吹落在地。我从意识里不打算理会它。这时，走过一位母亲，领着个六岁左右的男孩正与我擦肩而过。

　　此刻，我猛然意识到将要发生什么，一回头，那个可爱的小孩子正弯下腰，当小男孩的手即将碰到塑料袋的时候，我的脸刷地一下红了，只感到连同耳根都火辣辣的，全身三万六千个毛孔，仿佛都在冒虚汗。小男孩慢慢地站起来，放入了垃圾箱里，这一瞬间完全定格在了我记忆的深处。

　　当时，我好想走上前说声谢谢，但是他们默默地走开了。我在脑海里，反复演绎着那个场景，我越是感到无法原谅自己。

风好像大了点，吹乱了我的头发，摇动着我的思绪，我决定用行动来宽恕自己的良知！一路上我寻寻觅觅，见了树上的塑料袋就用手清除，见了遗弃的汽水瓶就放入垃圾箱，周围的人也变得热情起来，一位老爷爷还当面夸奖了我。

我的记忆又回到了我投塑料袋的那一瞬间，心想：如此简单的事情，做得如此的糟糕，再向前一步，我便是文明者了。我越想越懊悔！

那一瞬间定格在我的记忆里，镌刻在了我心灵的史书上，想抹也抹不去，只为那个残缺的动作而内疚。想起它，我常常脸红，于是想做更多的事情去弥补！

那一瞬间，仿佛化作了一颗流星，划破了我心中的夜空，给我带来了无限光明，像一盏灯一样，将指引我走向前方！

四季童话

崔含青

春，是和风吹拂下俯身盈笑的杨柳，恬静而又温情；夏，是暴雨击打下仍昂首挺胸的荷花，美丽而又坚强；秋，是果实丰满坠落时农民欣喜的笑脸，纯朴而又厚实；冬，是雪花爱抚下变白了的大地，安静而又祥和。春夏秋冬，一年四季，不同时节、不同的乐曲带你走进绚丽多彩的童话世界。

——题记

醉人的春之歌

冬去春来，万物复苏，处处春光重现。

望那河堤上，株株杨柳似窈窕淑女面镜而含笑，和煦的春风给她披上了翠绿的纱裳，柔嫩的柳梢经过了一冬严寒的洗礼，变得越发清秀可人，越发温顺安祥。

看河面上，波色乍明，层层鳞浪，几只赶早的黄毛鸭看到河里往来的鱼儿，垂涎欲滴，一个猛子扎下去，便伴着一种强烈的渴望在尚未完全变暖的河水里去追逐那诱人的佳肴。

俗话说："春雨贵如油。"可不是！那雨点儿，那雨丝儿，仿佛是吝啬的商人万分不情愿地撒下的几枚金币，但这却使庄稼、树木、花儿草儿都兴奋起来了。因为这是春姑娘的先行使者——春天来到了！

不屈的夏日奏鸣曲

夏天，是百花争艳、竞相怒放的时节。

夏天的花不比春花那般娇小可爱，也不比冬花那般孤傲独立，那是一种扣人心弦、旷达自任的美好精神的传递。

"接天莲叶无穷碧，映日荷花别样红。"此刻，在你的眼前是否出现了一幅在那波光粼粼、一碧万顷的湖面上，万亩荷花争相展示自己婀娜的身姿、散发自己诱人的芳香的画面。不少人会由衷赞叹："好美！"可谁又知在这美艳外表的背后，她曾经历过多少难耐的煎熬！"出淤泥而不染，濯清涟而不妖"，是荷最真实的写照！

夏天，还是雷电交响乐团忘情展示自我的舞台。

时不时地在你还没预料到的情况下，那数不清的大片乌云就已经将天空遮盖了。一道闪电划破大气层，钻过厚厚的云被，吹响了拉开序幕的号角。刹那间，世界上最壮美的交响乐——雷电交响曲轰轰烈烈地响起。震动人心，憾人魂魄，好似一曲天国颂，使人折服，恐怕连心肠最坚硬的人也会为之感动，为之俯首！我由衷地赞美她！我被她这种坚贞、威严不屈的精神深深震撼。

丰实的秋收调

秋是一个最高明的画家，他的画盘中装有所有诱人的颜色。

他给高粱涂上紫红，给玉米涂满金黄，把棉花抹得雪白，将菊花渲染得分外妖娆。辛苦了一年的农民，望着一切，不禁笑弯了腰。一辆辆收割机、拖拉机，满载着一车车殷实汗水，从希望的田野上起程，奔向了远方。

秋天，叶子们离开了养育自己一生的大树，扑向了大地母亲的怀抱，落叶们埋怨秋，怪他不该来得这么早。秋笑着对他们说："不去陈衣，哪来新装？你们仍能为大树做贡献，到地底下去，到他的根部去，尽你们的所能，扶助大树，来年让更多的年轻伙伴来点缀梳妆。"落叶们点点头，似乎明白了这一点，不然他们怎会如此心甘情愿地潜入到地底下去呢？

银色的冬之吟

"呼……呼……"冬爷爷憋足了气，把寒风从遥远的西伯利亚吹到辽阔的大平原上来了。顷刻间，大地一片荒芜，花儿凋谢了，叶儿枯黄了，动物们都躲到温暖的家里听爷爷奶奶讲故事去了。

一片、两片、三片……鹅毛般纷纷扬扬的雪花从空中飘落。她们落在大森林里，把大森林打扮成了粉妆玉砌的冰雪世界；她们落到麦田里，给正在做着美梦的麦苗盖上了一床厚厚的大棉被；她们落到老爷爷的眉毛上、胡须上。嘿！老爷爷变成了从天上来的最慈祥的圣诞老人。在冬爷爷的巧手——雪花的整理下，一切都变了模样！

　　面对如此银装素裹的洁白世界，我不禁感到心旷神怡，思绪飘向了远方……

　　聆听一曲曲动人的音乐，仿佛置身于雪乡花海之中；

　　倾听一篇篇古老的童话，则如心儿飞翔于梦幻世界；

　　鉴赏一幅幅迷人的风景，就是在唤起一段段最美好的回忆。

梦里童年

辛明强

风筝

朗日晴空，微风托起片片风筝。在孩子的眼里，这便是春天了。别的什么，譬如河解冻，譬如树发芽，都算不上春天。我的童年也是一片风筝。

那时乡间的生活，贫困，单调，几乎没有什么好玩的，给孩子欢乐最多的，当属父母做的风筝。

风筝在蓝天上悠悠地飘忽，没有烦恼，没有忧愁，多像孩子童年的心境啊。倘若不是有根绳子拉扯着，风筝任着性子荡向远方，那该多好，趁寻找风筝的时候，不就可以逛逛世界吗？孩子们常常这样想。那时想象的世界，就跟风筝一样飘忽无定。

每逢放风筝的孩子凑到一起，空旷的原野上便会响起说笑声，尖细短促的声浪，使原野越发显得空旷。这时一场隆重的风筝比赛，马上就要热闹地开始了。比赛中风筝的式样并不重要，只有风筝飞得高才是好样的，风筝手自然也成了英雄。孩子们的竞争意识，在放风筝的时候渐渐地在心中孕育，今生今世就再不会忘记了。

我童年的风筝，早从岁月的天空消逝，留下的只是记忆。这记忆如同一条长线，拴着童年生活的风筝，在寂寞的回忆中飘荡。有时生活中遇到种种烦恼，我常常地想，心境要还像只风筝该多好，哪怕依然被长线拉扯着。

葫芦河

总是忘不了故乡的河。那条名为葫芦河的水流，童年时给了我不少的欢乐，这会儿只要回忆童年生活，就会情不自禁地想起她。她的长长流水，如同母亲的乳汁，滋养了我的身体和灵魂。长大以后无论走到哪里，面对怎样的名川大流，或许会有一时的激动，而当沉静下来，总还是心倾故乡的河。

故乡的葫芦河弯弯曲曲，两岸丛生密密匝匝的芦苇，夏天酷热难当，这凉爽的芦苇塘，就成了孩子们的乐园。在碧绿的苇丛中追逐，百顷河滩翻着瑟瑟波浪；用苇叶编成轻巧的小舟，放在河里随水流漂向远方；轻手轻脚地掏出巢穴中的小鸟，把玩一会儿再送它回家。这些只有乡间孩子才有的欢乐，充满无限甜蜜的圣洁童趣，孩子们善良纯朴的性情，就在这时形成。

然而更让我喜欢的是玩耍，是吹芦苇哨。好像是老天有灵，知道乡间孩子不善言辞，示意用芦苇哨作嘴巴，倾诉对故乡的深情。每当夏天来临，芦苇茂长的时候，在故乡葫芦河的河边，总会听到美妙的苇哨声。这苇哨声委婉，清丽，悠长，透着水灵灵的潮润气息，飘散在故乡的土地上。这只只小巧的苇哨，大多含在孩子们的

嘴里，就越发显得单纯而深情，谁听了都会心动。

我记忆中的孩子，如今都已经长大了。再无心思掏鸟，追逐，吹苇哨，但我相信，他们对故乡的眷恋，永远都不会衰老。因为，在他们血脉里流淌的血液，早就溶入故乡河流的长长的流水中……

冬 夜

乡村冬天的夜晚是漫长的。袅袅炊烟刚刚熄灭，村街处处就响起呼唤声，于是，玩耍的孩子们就会循声而归，吃过晚饭再不会出来。那一盏如豆的灯光，陪伴一家老小度过长夜，欢声笑语随着灯花跳跃。至今想起来依旧很温馨。

孩子们的心，总是向往自在。在这漫长的冬天夜晚，大人们或许会感到惬意，尽情地享受这难得的宁静，对于跑疯了的孩子们，却难以忍受这寂寞。他们在炕上地下打闹，大人们连说话都不可能，更不要说做针线活。要想拴住孩子们的心，只有讲那些好听的故事，他们才会安静下来。其实乡下人又哪里有什么故事好讲呢？无非是《封神榜》之类的评书。就是这些老掉牙的故事，总是让孩子们着迷不已，他们想象的翅膀，就从这时舒展。

那时候冬天雪多，有时一场大雪来临，把房舍封得严严实实，人们只好在屋里闲坐聊天儿。这漫长冬夜的话题，许多都是关于雪的。大人们自然会想到庄稼，这场雪乐得他们心花怒放；孩子们自然会想到玩耍，这场雪让他们早起许多时辰。我的关于雪的记忆，最美好的，同样大都来自童年。因此，在后来的生活中，经历那么多风雨，我依然保持着一份平和的心性。

乡村冬天的夜晚，总是那么平静。这会儿想起来，我浮躁的心，立刻便会沉静下来。

黄 昏

柴慧欣

黄昏是什么？是傍晚时分一道美丽的风景线，也是黑暗来临之前为人们带来温暖的天使。每当黄昏笼罩整个世界时，一切景物都是那么温和、那么舒服。黄昏很美，可是在欣赏时，用到的不仅是眼睛，更多的是要用心。

黄昏来临时，夕阳的余晖洒落在世界各个角落，让孩子们陶醉其中，让学生们在一天的学习之后放松心情，让大人们在辛苦工作之后舒服地休息，更让老人们在这一片黄昏中回忆起年轻时的趣事。它给人的感觉永远都是那么温馨、和谐、安然。那红霞满天的景色仿若一幅纯净无瑕的画，可是又有哪位画家能把这幅大自然的风景画得如此生动呢？风儿往往会在这个时候肆意地吹，吹在黄昏的空中，带着人们一天的烦恼和疲倦飞向黄昏的尽头，仿佛黄昏就是让人们倾诉不快的最佳朋友。

黄昏来临的时候，一抹殷红的夕阳便出现在天空中，犹如一个红彤彤的苹果，高高挂在枝头上，淡淡的红光从它身上涌现出来，它堆着微笑，让人更加感受到黄昏的恬静。夕阳西下之时，大地都沐浴在彩霞之中，晚风徐徐吹来，带着阵阵花草的清香，使人心旷神怡。瞧！天空中那几团雾状的云朵，像是技艺高超的魔术师，身上的红光时深时浅，还不断地变幻着形状，仿佛是在描绘着那一片生机勃勃的大地景观，让人叹为观止！

　　黄昏来临时，仿佛轻烟一样从四周升起来，一切都笼罩在莽苍的天幕当中。倘若在海边，在这美丽的黄昏时刻，夕阳正斜照着海面，天空中金光带点红光，宛如一面闪亮的金钵。夕阳洒在海面上的光，像许多金针银线，随着海面的水波而晃动着，久久不能平息……再抬头望望天际，湛蓝的天上浮动着大块大块的云朵，它们在夕阳的辉映下呈现出淡淡的粉色，仿佛小姑娘羞红了的脸庞。而当夕阳将黑夜迎来之前，它也不忘把大地在这最后一刻打扮得惹人喜爱。看啊，大地被夕阳染成了一片胭脂红，远处，依稀可见的山峰上也渐渐披上了晚霞的彩衣。有人说，天刚要黑的时候，在天边出现的第一颗星，叫黄昏晓。黄昏晓与夕阳都是由黄昏派来给予人类美丽景色，并将黑夜请来的使者。当它们把黑夜正式迎来后，黑黝黝的夜幕便垂下来，天空中也会跳出几颗闪亮的星，包围住那颗黄昏晓，也使人忘了黄昏晓的存在，忘了夕阳的存在，也忘了黄昏的存在……

　　黄昏纵然是美的，可很少有人去关注它了。黑夜还未来临，大街上的霓虹灯就把道路打扮得犹如白天一样，甚至不让黄昏展示它的美。人们的目光再也没有停留在那美丽的黄昏上，而是在那闪亮的人造霓虹灯上，并讨论着说："看啊，这家店的霓虹灯做得真有新意啊！"再也没有人去讨论今天的黄昏是如何迷人、如何和谐、如何让人感到轻松。黄昏的柔和渐渐被人们忽视，夕阳的光芒渐渐被人们忽略，黄昏晓渐渐被人们遗忘。傍晚时分，人们不再说：

"我们边走边欣赏黄昏的景象吧！一路上夕阳会为我们装扮回家的路。"取而代之的是："走慢点吧，大街上那么多霓虹灯，天黑了也能很快回到家啊！"黄昏依旧及时出现，可是却少了人们关注、欣赏的眼神。黄昏似乎比以往少了些光泽，没有以前那么惹人注目了。

我不懂，黄昏和霓虹灯根本是两种不同的物质。黄昏是大自然的风景，是能舒缓人们心情的最佳朋友。而霓虹灯呢？它只不过是人们制造出来装饰门面的东西而已啊！它凭什么取代黄昏在人们心中的分量呢？黄昏，它往往会给人们带来最美的一面，会让平时牛乳般洁白的云朵霎时间变为淡淡的粉红色，此等不可思议的事，霓虹灯能办到吗？它只会浪费电力资源而已。它真的就比黄昏还要美吗？错了，大错特错了！黄昏的美是无法用言语表达出来的，它是属于那种纯洁的美，世上没有东西能与它相比。黄昏是独一无二的，它自始至终都是最美的那道风景线！

夕阳西下，看着天边的云彩被一点点地染红，看着落日一点点地沉没。黄昏不会永远停留在天空中，它终究还是会消失。黄昏是变化莫测的，是让人惊叹的，它的美绝不逊色于花草树木、河流山川。

黄昏中的人们，黄昏中的大地，黄昏中的世界，黄昏中的一切事物都如此让人惊叹，而这些，仅仅"美丽"二字又怎能体现得出来呢？黄昏——值得人们珍惜的东西！